MARIE RÉMOND

SWEET Christmas LOVE

FLEURUS

Photo de couverture : Shutterstock

FLEURUS

Direction : Guillaume Pô
Direction éditoriale : Sarah Malherbe
Édition : Claire Renaud
Direction de la fabrication : Thierry Dubus
Fabrication : Sonia Roméo
Composition : Text'Oh!

www.fleuruseditions.com
ISBN : 978-2-2151-6356-5
MDS : FS63565

Achevé d'imprimer en septembre 2023 par ROTOLITO SPA en Italie.
N° d'édition : 23L0506
Dépôt légal : octobre 2023.

À vous,
mes premiers lecteurs.

Chapitre 1

Along for the Ride

« Nous allons stationner quelques instants pour régulation. Merci de votre patience et de votre compréhension. »

L'annonce qui résonne dans la rame fait soupirer certains passagers. D'autres, casque enfoncé sur les oreilles, ne prêtent pas attention au message. D'autres encore, levant la tête de leur livre, affichent la sourde résignation des habitués des transports en commun parisiens. Parmi eux, Luce lance un regard inquiet sur sa montre. Il lui reste encore vingt minutes avant le départ du train, et elle n'est plus qu'à une station de métro. Ça peut le faire. Et tant pis pour son chocolat liégeois du Starbucks.

Quinze minutes plus tard, elle arrive sur le quai. Elle vérifie une dernière fois son billet : voiture 6, place 35.

D'un pas rapide, elle avance, son sac sur le dos et sa valise derrière elle. Son téléphone se met à vibrer. Je la suis de près, aucunement dérangée par la foule alentour.

Voiture 6. Il reste une place minuscule dans le porte-bagages. Juste ce qu'il faut pour sa valise. Un petit sourire se dessine sur ses lèvres. C'est tout Luce, ce sourire. S'émerveiller lorsque la chance lui sourit, même dans les détails les plus infimes. Le wagon est déjà bien plein lorsqu'elle y pénètre. Je suis toujours sur ses talons.

Au milieu de l'allée, elle se fige, les yeux rivés sur le numéro des places. Son sourire laisse place à un mélange de lassitude et d'énervement. Elle jette des regards investigateurs sur tous les chiffres que son œil peut accrocher. Tu ne t'es pas trompée, Luce. Quelqu'un occupe ta place. Les personnes autour d'elle lèvent les yeux. Pas de jugement, s'il vous plaît, messieurs, dames. Ça ne vous est jamais arrivé de trouver votre place occupée ?

La femme assise à côté de la place occupée tourne enfin la tête vers Luce.

– Bonjour. Euh, pardon mais je crois que c'est ma place, annonce Luce, gênée.

– Oh, mademoiselle… Ma fille ne se sentait pas bien toute seule. Je lui ai dit de venir avec moi.

Luce, tendue comme jamais, affiche pourtant un air conciliant. La jeune blondinette à côté de sa mère n'en mène pas large.

– OK, je comprends, répond Luce. Quelle est la place de votre fille ?

Soulagée, la femme farfouille dans son sac et en sort un billet. Luce soupire imperceptiblement en voyant les numéros apparaître.

– Voiture 12, place 56.

– OK.

– Merci beaucoup, mademoiselle !

Luce se force à sourire avant de faire demi-tour. La bienveillance de cette jeune fille m'impressionnera toujours. Résolue à ne pas se laisser abattre, elle récupère sa valise et entame la traversée du train pour rejoindre sa nouvelle place.

Les deux minutes les plus longues de sa vie, voilà ce que Luce pense. Six voitures traversées, trois pardons chuchotés, deux chiens enjambés, quatre valises contournées, un bébé titubant évité, monter trois marches, descendre trois marches, ouvrir douze portes avec le coude… le tout, avec son sac toujours sur le dos, sa valise dans une main et son téléphone qui se met à vibrer dans l'autre. Dans ces moments-là, je bénis ma situation. Terminés, ces petits tracas. Dorénavant, il me suffit de survoler la vie.

Luce arrive enfin à côté du porte-bagages de la voiture 12. Plus de place. Si j'étais elle, je commencerais à vraiment regretter ma B.A. Sa valise toujours dans la main, elle se dirige vers la place 56. Son sourire réapparaît légèrement en voyant le siège libre près de la fenêtre. Qu'est-ce que je vous avais dit ? Cette fille a vraiment une capacité d'émerveillement qui force l'admiration !

Après avoir enlevé son manteau, elle fait signe à l'homme déjà assis côté couloir de la laisser passer. Sans un regard, il se tourne pour déplacer ses jambes sur le côté, le téléphone collé à l'oreille. Quel fainéant, il pourrait se lever ! Je vois Luce placer difficilement sa valise sous son siège et son sac à dos devant elle, puis se contorsionner tant bien que mal pour éviter de tomber sur son voisin. Hum… S'il pouvait m'entendre, je lui aurais bien glissé deux ou trois mots sur la notion de savoir-vivre…

Luce enfin assise, dans un confort tout à fait relatif, peut se détendre. Je me trouve de mon côté un endroit d'où je peux surveiller ceux qui voudraient l'embêter. Je prends mon rôle très à cœur. Luce regarde enfin son téléphone. Trois messages.

Tu arrives à quelle heure, ma puce ? Ton père viendra te chercher à la gare. On est super heureux que tu viennes si tôt cette année ! Bisous.

Elle répond rapidement et ouvre le deuxième message.

Hey ! Tu as oublié ta petite robe rouge à la coloc...
Tu penses à rien, toi ! Ne t'en fais pas, je te l'apporterai dans quinze jours.

Elle me plaît de plus en plus cette Zoé. Elle obtient toujours ce qu'elle veut... Même l'exploit de faire porter à sa copine une robe que Luce considère trop osée pour elle.

Une lueur nouvelle éclaire le visage de Luce à la lecture du troisième message.

Bon voyage ! Profite de la campagne
et des fêtes pour prendre plein de photos.
Et n'hésite pas si tu veux me les partager... J

Elle bascule sur son application photo, filtre noir et blanc automatiquement activé. Elle se met à se tordre dans tous les sens pour trouver un angle intéressant malgré le sujet si... ennuyeux ! Elle prend vraiment un wagon de train bondé en photo pour l'envoyer à son ami ? Apparemment. Et en mode rafale, en plus. Ma petite protégée a perdu la tête...

Son voisin la regarde de travers. Je me glisse instinctivement entre Luce et lui, tentant de faire barrage. Peine perdue... Luce l'a aperçu, elle rapproche aussitôt son téléphone. Elle fait quelques retouches rapides sur l'une des photos et l'envoie.

Au temps pour moi. Cette fille est une artiste. Seule une artiste peut déceler de la poésie dans un train plein à craquer.

Luce s'enfonce dans son siège, colle ses écouteurs dans ses oreilles puis se tourne vers la fenêtre. Ses pensées dérivent au rythme du paysage qui défile, l'emportant loin de son quotidien, vers un mois d'insouciance qui peut enfin démarrer.

Chapitre 2

Christmas Around the Corner

Les voyages en train ont quelque chose de fascinant, vous ne trouvez pas ? Des heures entièrement disponibles, puisqu'on n'a nulle part où aller : on se laisse porter. Mais le plus intrigant, c'est d'observer à quoi chaque passager utilise ce temps qui lui est offert. Ceux qui dorment la bouche ouverte, ceux qui plongent passionnément dans leur lecture du moment, ceux qui regardent un film ou une série sur leur téléphone, sans oublier les irréductibles accros du boulot qui en profitent pour travailler, ou encore ceux qui enchaînent les discussions entre amis…

Dans la voiture de Luce, il y a de l'ambiance ! Derrière elle, un groupe de quadragénaires semble avoir quelque chose à fêter. Elles ont sorti le champagne, et ça rigole bien !

Un peu plus loin, une mère de famille, seule dans son carré, surveille six petites filles agglutinées sur les quatre places de l'autre côté du couloir. Elle tente tant bien que mal de leur faire baisser le volume, mais il suffit de quelques minutes avant que les filles redonnent de la voix pour en faire profiter toute la voiture. Quelle patience !

Les parents de Luce ne l'ont jamais eue, cette patience ! Vincent et Mélodie ont voyagé en train avec leurs quatre enfants une seule et unique fois. Ils ont eu tellement de mal à les tenir en place qu'ils ont passé les trois heures de voyage la boule au ventre, évitant le regard de tous les passagers autour d'eux. Ils n'ont plus jamais retenté l'expérience ! Par la suite, c'était la voiture ou rien ! L'ambiance était la même, bien entendu, mais au moins, personne n'assistait au spectacle.

– Moi, mon premier bisou sur la bouche, c'était avec mon chat !

La phrase qui retentit depuis l'avant du wagon attire l'attention de Luce, qui se met à sourire en coin. Son regard accroche celui d'un jeune de son âge qui a relevé les yeux de son livre. Une connivence s'installe instantanément entre eux. Comme si, au milieu de cette voiture bondée, le comique de cette phrase innocente devenait un secret perçu d'eux seuls. Luce sourit plus franchement face aux yeux du garçon qui pétillent de malice avant de retourner à la contemplation du paysage. Quant au jeune homme, il s'attarde encore un peu avant de se replonger dans les pages de son roman. Luce jette quelques coups d'œil à la dérobée. Sortir son appareil photo pour capturer ce bel inconnu la démange, je le sens. Elle ferme finalement les yeux et se laisse bercer par la vitesse.

Luce s'est endormie. Et si on en profitait pour faire un peu plus connaissance, vous et moi ? Oui, je vous sens curieux… Moi que personne ne voit, qui me balade incognito aux côtés de Luce, qui m'installe où je veux sans me soucier des convenances… Vous l'aurez sûrement compris, je ne suis pas vivante… du moins, je ne le suis plus. Aujourd'hui, j'aime me définir comme une sorte d'ange gardien. Mais pas de ceux avec des ailes et des super pouvoirs. Non, mon seul pouvoir semble être de n'être vue ni entendue de personne. Quoique… je me suis rendu compte que j'arrivais tout de même à influencer un peu Luce lorsque je lui parlais. Comme si, quelque part, ma voix arrivait à atteindre ses pensées, sans vraiment qu'elle s'en rende compte. Mais revenons un peu en arrière. Vous vous demandez sûrement comment j'en suis arrivée là. J'ai vécu une vie somme toute assez ordinaire. J'ai grandi entourée de l'amour de ma mère et de ma grand-mère. Dès que la vie me mettait des bâtons dans les roues, je me réfugiais dans mes livres, dans la peinture, et plus tard dans les voyages. Adulte, me découvrant un talent pour le conseil, je me suis rapidement dirigée vers le métier de bibliothécaire.

Les horaires me permettaient de continuer à m'adonner à la peinture et à voyager, seule ou accompagnée. J'aurais adoré pouvoir emmener Luce dans l'un de mes périples. Nous l'avions prévu mais préférions attendre qu'elle ait son bac en poche. Nous n'aurions pas dû, car la vie en a décidé autrement.

Un jour, je rentrais de la bibliothèque et, derrière le volant, je n'ai pas vu la voiture débouler à toute vitesse sur ma gauche. Elle m'a frappée de plein fouet. Je n'ai même pas eu le temps d'entendre les sirènes des secours ; le noir s'est abattu sur moi et m'a engloutie tout entière. La seule chose dont je me souviens après cela, c'est une voix. Une voix magnétique qui semblait m'appeler. Dès lors, je me suis retrouvée auprès de Luce. Mais sous une forme, comment dire… différente. J'étais présente mais sans consistance. Bien là, mais invisible à la fois. Cette nouvelle condition a des avantages : plus de douleurs, plus de blessures, je peux me faufiler où je veux, m'installer sans avoir besoin d'un lieu confortable. Mais avec la fin des désagréments, ce fut aussi la fin des petits bonheurs de la vie. Ne plus sentir la douce chaleur du feu qui vous réconforte au cœur de l'hiver, ne plus sentir les premiers rayons de soleil au printemps, ceux qui vous font enlever quelques couches de vêtements au retour des beaux jours. Ne plus avoir le goût du caramel fondant sur la langue, ne plus pouvoir savourer l'onctuosité du chocolat fondu recouvert de crème. Oui, j'ai toujours été un bec sucré. Ne plus entendre le ronronnement de mon chat confortablement installé sur mes genoux… Ah ! mon chat. Je ne sais pas ce qu'il est devenu ! J'espère qu'il a trouvé une gentille famille pour l'accueillir après ma mort. J'ai tenté une fois de le retrouver, mais je me suis rendu compte que je ne pouvais jamais partir très loin de Luce. Ce jour-là j'ai compris. J'ai compris pourquoi j'étais de nouveau là, auprès de Luce. Elle m'avait appelée, elle avait besoin de moi. Alors je me devais de veiller sur elle et de l'aider. Du mieux que je pouvais faire dans ma nouvelle enveloppe.

Je partage les journées de ma protégée, la plupart de ses pensées, certaines de ses émotions, et je m'efforce, autant que possible, d'écouter ses troubles, ses questionnements, de me réjouir avec elle de ses réussites, de ses moments de bonheur, d'apaiser ses craintes et de la guider. Toutes ces choses que je faisais déjà de mon vivant, finalement. La différence aujourd'hui est que je suis la seule à me savoir si présente auprès d'elle, qu'elle dorme ou qu'elle soit éveillée !

Oh ! tiens, justement, la voilà qui rouvre les yeux. Elle découvre la place vide à côté d'elle, sur laquelle je me suis tranquillement installée. Parmi les quelques personnes restantes dans la voiture, certaines sont déjà en train de rassembler leurs affaires. Le jeune aux yeux pétillants est en pleine conversation avec sa voisine. L'agent du train annonce le terminus. Luce ouvre son téléphone et voit cinq messages non lus, tous de la même personne.

Je pars de la maison.

J'arrive dans cinq minutes.

Je suis là.

Je t'attends sur le quai.

À tout de suite.

Son père. Pour lui, un message = une phrase. Ses enfants ont beau jouer les professeurs pour lui apprendre tous les secrets des nouvelles technologies, il continue à préférer le symbole « envoi » au symbole « retour ligne ». Blague ou incompétence ? Impossible à dire, mais Vincent s'amuse à agacer ses enfants.

Alors que le train ralentit, Luce commence à s'extirper de sa place. Plus de microclimat parisien ; si elle ne veut pas commencer ses vacances avec un rhume carabiné, elle va devoir sortir écharpe, bonnet, gants… la totale ! Le train est à l'arrêt lorsqu'elle est prête à descendre, ensevelie sous plusieurs couches de vêtements.

Elle sort dans le froid ambiant et aperçoit au bout du quai un grand barbu assis sagement sur le seul banc de cette petite gare, lisant le journal. Je me poste rapidement à ses côtés, laissant Luce s'avancer vers nous d'un pas assuré.

– Coucou, papa, dit-elle une fois arrivée à sa hauteur.

– Ah, mon petit potiron ! Tu as fait bon voyage ? lui demande-t-il en l'accueillant d'un léger sourire.

Son père ne l'a jamais appelée par son prénom. Il a toujours un joli surnom saisonnier à lui donner. Quand elle n'est pas un potiron, elle devient une orange, un pamplemousse ou même un melon. Pour une jeune fille complexée, ces marques d'affection prennent une tout autre dimension. Si seulement j'avais compris cela plus tôt…

– Très bon, oui. Contente d'être arrivée !

– Tiens, donne-moi ton bagage, je suis garé juste devant.

– Merci.

La valise dans le coffre, les ceintures attachées et le moteur à peine démarré, Vincent lance l'interrogatoire. S'il n'est pas le plus grand des bavards en général, il semble vouloir profiter de ce trajet à deux pour collecter le maximum d'informations sur la vie de sa fille. L'objectif de Luce pour les cinq prochaines minutes : faire bonne figure et abréger l'investigation ! Assise sur la banquette arrière, je suis aux premières loges pour suivre leur échange.

– Alors, ce début de deuxième année ? Tu cartonnes toujours autant ?

– Oui ! Plus basse note pour le moment : 14. Mais avec les partiels décalés en janvier, c'est plus facile.

– Bravo ! Oh ! mais je suis sûr que les partiels vont passer comme une lettre à la poste.

Elle esquisse un sourire qui se veut le moins crispé possible.

– Tu as déjà bien révisé ?

– Oui. J'aurai juste quelques fiches à relire pendant les prochaines semaines, mais rien de très lourd.

– Les profs sont bien, cette année ? Et les cours ?

– Oui, ça va.

Vincent tourne un instant la tête vers elle, comme s'il attendait plus.

– Tu ne veux pas développer un peu pour ton vieux père ? Je n'ai pas fait l'Isit[1], moi !

– *What? Do you want me to tell you more in english ?* dit-elle en rigolant pour couper court à son interrogatoire.

Yes ! Go girl ! Elle sait très bien qu'il ne la comprend jamais quand elle parle en anglais.

– Bon, OK, j'ai compris ! Et la coloc, ça se passe toujours aussi bien ?

– Oui, très bien. Zoé m'a dit de vous remercier, maman et toi, de l'accueillir pour les fêtes.

– Oh ! mais c'est bien normal. Nous avons hâte de pouvoir rencontrer celle qui partage ton quotidien parisien ! Elle sera peut-être plus bavarde que toi sur vos études.

Luce ne répond pas.

– Et à part Zoé, tu as rencontré de nouvelles personnes ? Je sais que tu es plutôt révisions que fêtes entre amis, mais les amitiés sont importantes aussi ! J'espère que tu ne passes pas à côté de ça…

1. Institut supérieur d'interprétation et de traduction. Grande école située à Paris.

– Oui, papa, je sais. Ne t'en fais pas, avec Zoé dans les parages, les rencontres, c'est pas ça qui manque !

– Super. Mais je suis sûr que tu n'aurais pas besoin d'elle pour te faire de nouveaux amis !

Le visage de Jack s'inscrit sur les rétines de Luce. Au moins un ami qu'elle n'a pas rencontré grâce à Zoé, mais grâce à sa passion ! Mais parler de Jack à son père, c'est mener la discussion sur le terrain de la photo, et elle n'est pas encore prête pour ça.

Le silence s'installe enfin. Luce laisse son regard se promener sur les rues familières qui défilent. Elle voit le stade, puis la mairie. Le fleuriste est en train d'arranger sa devanture. C'est le moment de sortir les guirlandes, les pommes de pin décoratives et les poinsettias pour accompagner les sapins de Noël. Alors que la voiture est arrêtée au feu rouge, elle voit Mme Fortin sortir de la boulangerie, une baguette et une pâtisserie dans les mains. Celle-ci l'aperçoit et lui fait signe chaleureusement, quitte à donner sa pâtisserie à manger aux pavés. Le maire n'a pas lésiné sur les décorations dans les rues, cette année : elles sont toutes parées d'or et de rouge. De jolies guirlandes végétales agrémentées de gros nœuds rouges entourent élégamment arbres et lampadaires. La maison familiale apparaît au détour d'une rue, simple et chaleureuse, encore nue de toute décoration. Une sensation de douceur et de paix envahit Luce, et je ne peux que partager cette sensation. Rien ne vaut le sentiment de se sentir chez soi.

– Vous n'avez pas encore mis les décorations ?

– Oh non ! tu connais ta mère… Interdiction de toucher au moindre carton avant ton arrivée ! Tu viens si tôt cette année, elle veut le faire avec toi.

– Parfait.

Il coupe le moteur ; la chaleur qui s'est installée dans l'habitacle est rapidement remplacée par le froid du dehors.

À peine la porte d'entrée franchie, une odeur de lasagnes maison envahit les narines de Luce.

Sa mère sort de la cuisine, les maniques encore enfilées sur ses mains, un tablier autour de la taille.

– Timing parfait ! Je viens de sortir le plat du four !

– Coucou, Mamoune.

– Ah, ma petite Luce est là, la lumière est de retour !

Cette blague est vieille comme le monde, à croire que Mélodie a choisi ce prénom dans le seul et unique but de pouvoir la faire aussi souvent que possible.

– Ha, ha ! Contente de te voir aussi ! Nicolas n'est pas là ?

– Non, ton frère est sorti dîner avec des amis avant d'aller au cinéma. Ce sera juste nous trois, ce soir !

Luce dépose rapidement ses affaires dans sa chambre et se rafraîchit un peu, le temps que ses parents finissent de mettre la table. J'en profite pour me balader dans le jardin secret de Luce. L'ambiance encore enfantine détonne tant sa propriétaire a changé en un an et demi de vie parisienne ! Les photos au mur, la peluche à côté de l'oreiller, les livres dans les bibliothèques…

À chacun de ses retours, un même sentiment étreint Luce. Comme un retour dans une bulle préservée qui a le goût de l'enfance.

Sur le lit est déposé un simple Post-it.

« *Welcome home, big sister !* »

Son frère a beau lui taper sur les nerfs 90 % du temps, on ne peut pas dire qu'il manque de petites attentions. C'est juste un acteur de l'ombre. Ne vous attendez pas à ce qu'il vous dise en face qu'il vous aime ou même qu'il vous demande pardon, vous trouverez plus facilement ces mots sur un Post-it glissé sous votre porte, collé sur un mur de votre chambre ou encore déposé sur votre lit.

Pendant le repas, les parents de Luce la mettent au parfum de toutes les dernières nouvelles du quartier. Elle apprend que le maire a décidé de faire construire un nouveau complexe sportif, que la libraire a eu son deuxième enfant et que le fils aîné des voisins est parti en année sabbatique au Pérou.

– Oh ! Ton père t'a-t-il dit qu'il avait vendu une maison immense ?

– Non, il était trop occupé à me faire passer un interrogatoire ! Alors, papa, quelle incroyable maison as-tu vendue ?

– Pas n'importe quelle maison ! « Le château de la bête », comme tu l'appelais petite.

– Waouh, j'aurais jamais pensé que cette maison serait un jour à vendre ! Avec sa tour, ses bow-windows… et surtout l'immense bibliothèque qu'on aperçoit de la rue, s'étonne Luce avec des étoiles dans la voix. Alors, elle est aussi belle à l'intérieur qu'à l'extérieur ?

– Oh oui ! répond Vincent. Et ça a été la vente la plus rapide de ma carrière. Je n'ai presque rien eu à faire. La première famille qui l'a visitée a fait une offre au prix. Aucune négociation.

– Tu m'étonnes, une opportunité pareille ! Si j'avais l'argent, je l'aurais bien achetée moi-même, cette maison, dit Mélodie.

– Et ils sont sympas ces nouveaux propriétaires ?

– Alors ça, c'est une bonne question ! Je ne les ai croisés qu'à l'occasion de la visite et rapidement lors de la remise des clés… Depuis, on ne les a pas revus ! J'ai l'impression qu'ils n'ont pas acheté pour vivre ici à l'année, mais uniquement pour les vacances. Peut-être qu'ils seront là pour les fêtes…

– Oh ! Mamoune, tu imagines ? Une telle maison à décorer ! Le rêve !

– L'angoisse ! disent ses parents simultanément.

Ils rient tous trois un instant en imaginant Mélodie dégotter le plus gigantesque sapin à mettre dans cette maison alors que Vincent tenterait tant bien que mal de lui faire passer la porte. Pendant ces retrouvailles joyeuses, Luce oublie bien vite les sentiments moroses qui l'ont habitée ces derniers mois.

Chapitre 3

Picture Perfect

– Aïe !

Alors que Luce a les yeux perdus au fond de sa tasse de chocolat chaud et hume les doux effluves de cannelle, une boulette de mie de pain est venue lui percuter la tempe. Assise sur le plan de travail, je ne perds pas une miette de la scène, c'est le cas de le dire.

– Mamie Lucette n'est toujours pas du matin, à ce que je vois ! dit son petit frère, un morceau de pain encore chaud dans la main.

– Et bébé Nico n'a toujours pas appris à ne pas jouer avec la nourriture, à ce que je vois ! lui rétorque Luce qui, malgré l'heure matinale, n'a pas perdu son répondant.

Nicolas hausse les épaules d'un air innocent, tout en lui offrant son plus beau sourire.

Son frère s'est toujours moqué de son caractère casanier en la surnommant « Mamie Lucette ». Mais Luce a vite appris que sa meilleure arme était d'entrer dans son jeu. Depuis lors, Bébé Nico et Mamie Lucette sont devenus des surnoms affectueux qui parsèment leurs échanges.

– Désolé de ne pas avoir été là hier soir pour t'accueillir.

Luce lance à son frère un regard qui en dit long.

– Bon OK, pas vraiment désolé, mais… entre une soirée ciné cool entre amis et un dîner à écouter les parents te mettre à jour des dernières nouvelles du quartier… Avoue, tu n'aurais pas hésité non plus !

– Pas faux, concède Luce avec une petite moue.

– Et puis, les dîners à se raconter les derniers potins, c'est plus le genre de Mamie Lucette que de Bébé Nico, achève-t-il.

– Ta soirée était sympa, au moins ? Tu es allé voir quoi ? demande Luce avant de tremper ses lèvres dans son chocolat et d'en boire une gorgée.

– Très sympa, oui, merci. On est allés voir un vieux film, tu connais pas.

Luce est en arrêt sur image : bouche bée, sa tasse suspendue en l'air. Lorsqu'elle se remet en mouvement, c'est pour dire :

– Un vieux film ? Toi ?

– Ben quoi ? Y a pas que les blockbusters dans la vie !

– Je suis au courant, merci ! Mais venant de toi…

– On me l'avait chaudement recommandé, celui-là, souffle Nicolas d'un ton sans appel.

– « On » ? répète Luce avec un regard intéressé.

– Woh, je t'arrête tout de suite ! Je vois très bien tes neurones bourrés aux téléfilms romantiques qui s'agitent, là. Pas de ça avec moi ! Un ami, finit-il par préciser.

Luce hausse les sourcils.

– Arrête, t'es bête ! dit son frère en lui tapant le bras affectueusement. Et si tu me racontais ta vie au lieu d'imaginer la mienne ?

Luce fourre rapidement un gros morceau de brioche dans sa bouche, et avant qu'elle n'ait le temps de dire quoi que ce soit, un énorme carton débordant de décorations entre dans la cuisine, soutenu par deux bras tremblotants. La boîte déposée sur le plan de travail de l'îlot central, le visage de leur mère apparaît derrière, encore rougi par l'effort.

– Vous m'aidez à sortir les décos ?

– Maintenant ? se plaint Nicolas. J'ai même pas fini mon petit-déj' !

– Luce est arrivée, plus de temps à perdre ! rétorque sa mère.

– J'suis prête ! lance l'intéressée, qui semble soudain bien réveillée.

Elle finit sa tasse d'une traite avant de la déposer dans l'évier et de suivre sa mère dans les escaliers qui mènent au grenier.

– Laissez-m'en quelques-uns, je les descendrai dès que j'aurai fini de manger ! lance Nicolas depuis la cuisine.

Le grenier des Langlet n'est pas un grenier comme les autres. On pourrait s'attendre à y trouver un vaste bric-à-brac plein de poussière. Certes, le joyeux bazar est bien là, mais la créativité de

Mélodie et l'imagination de ses quatre enfants ont transformé ce lieu en caverne aux merveilles. Petite, Luce l'appelait son « pays imaginaire », car c'est là, avec ses frères et sa sœur, qu'elle s'inventait mille et une histoires fantastiques qui l'emmenaient plus loin encore que tous les rêves qu'elle faisait. C'est dans la poussière des vieilleries entreposées qu'ensemble ils bâtissaient les plus beaux châteaux. Le plafond, recouvert d'un voile bleu foncé, évoque un ciel nocturne. Pas de lampe dans ce grenier ! Une guirlande lumineuse permet d'éclairer la pièce comme mille étoiles. Les poutres apparentes sont décorées et ressemblent à des branches d'arbres en pleine floraison, abritant des oiseaux en origami. C'est dans ce lieu merveilleux que Luce a découvert le vieil argentique de son grand-père, l'objet qui a déclenché sa passion pour la photographie. J'ai eu la chance d'assister à cette découverte. Je m'en souviens comme si c'était hier.

Luce avait alors huit ans. Nous revenions d'une balade en forêt durant laquelle elle avait ramassé de belles feuilles rouge orangé pour en faire une couronne. Elle voulait se transformer en déesse de l'automne. Aussitôt rentrées, elle n'avait plus qu'une idée en tête : trouver le déguisement parfait pour compléter sa couronne. Elle m'amena en courant dans le grenier pour farfouiller avec elle dans les malles à déguisements.

– Moi je regarde dans cette boîte et toi dans celle-ci. Tout ce qui est rouge, orange, jaune ou marron, tu le sors, m'avait dit Luce d'un air très sérieux.

– OK, c'est parti !

C'était fascinant de voir cette fillette aussi concentrée dans son projet. J'ai toujours aimé l'accompagner dans ces moments-là. Je me sentais alors si proche d'elle, et si importante à ses yeux. Je devenais son petit lutin. Elle me décrivait ce qu'elle avait à l'esprit, et je l'aidais à le concrétiser. Maintenant que j'y pense, ce n'est pas si étonnant qu'elle se soit passionnée pour la photographie. Elle a toujours eu tant d'images dans la tête…

Alors qu'un tas de vêtements aux couleurs automnales grossissait à ma droite, je vis que Luce s'était immobilisée à ma gauche. Elle tenait entre ses mains le vieil argentique qu'elle dépoussiérait délicatement. Son regard était fixé sur l'appareil, et dans ses yeux, on pouvait voir que de nouvelles idées avaient pris place. La robe de déesse était déjà bien loin.

– Oh ben ça alors ! Il doit être sacrément vieux, cet argentique !

– Un argentique ? C'est quoi ?

– C'est ainsi qu'on appelle les appareils photo qui utilisent des pellicules. J'ai toujours entendu dire que la qualité des photos prises avec ce genre d'appareil était bien meilleure qu'en numérique. Mais ne m'en demande pas plus, je ne suis pas une experte dans le domaine !

– Tu crois qu'il marche encore ?

– Y 'a qu'une façon de le savoir…

Luce braqua instantanément l'appareil vers moi et, l'œil bien collé au viseur, prit sa toute première photo. Improbable mais vrai, l'appareil possédait une pellicule entamée et la pile n'avait pas été épuisée. La joie qui s'était imprimée sur son visage au son de la prise de vue restera à jamais gravée dans ma mémoire.

– Il marche ! s'exclama Luce.

– Je dirais plutôt « il fonctionne »… mais oui, il semblerait bien, en effet !

Toute à sa découverte, Luce mitrailla tout et n'importe quoi jusqu'à la fin de la journée. Vincent fut étonné de voir cet argentique dans les mains de sa fille, lui qui l'avait toujours vu autour du cou de son père. Quelques jours plus tard, Luce me raconta qu'elle avait passé ses soirées à regarder des vidéos pour tout connaître du fonctionnement des argentiques. Elle aurait aimé développer elle-même sa pellicule, mais sa mère lui avait expliqué rapidement qu'il valait mieux le faire faire dans un magasin spécialisé. Sa première photo n'était pas des plus réussies, mais elle l'a conservée précieusement entre les pages de son journal intime, où elle se trouve encore aujourd'hui. Une passion était née, et depuis, les balades en forêt ne servaient plus à recueillir des feuilles pour en faire des couronnes, mais à prendre mille et une photos, en s'arrêtant à chaque tronc d'arbre.

– Maman, tu as réussi à retrouver la guirlande qu'on avait perdue l'an dernier ? Tu sais, la bleue et argent qu'on peut allumer ?

– Non, j'ai eu beau retourner le grenier, impossible de remettre la main dessus ! Je ne sais vraiment pas où elle a pu passer. Mais tu verras, j'ai trouvé plein de petites merveilles en brocante. Sapin rouge et or, cette année ? Ou on repart sur du bleu et blanc ?

– Si on fait bleu et blanc, j'en connais une qui va râler. C'est un grand débat entre Zoé et moi : elle trouve que c'est beaucoup trop froid comme couleurs pour un sapin de Noël !

– Va pour du rouge et or. On pourra rajouter des rondelles d'orange séchées, comme ça ; ça me convient très bien !

– Un salon qui va sentir le sapin et l'orange tout l'hiver, c'est Nico qui va être content, dit Luce, ravie de pouvoir agacer son frère.

Mélodie, perchée sur un escabeau, sort les cartons d'une grosse armoire sur laquelle je me suis sagement postée. Restée au pied de l'escabeau, Luce les récupère et les empile à l'entrée du grenier.

– On ira chercher le sapin samedi prochain, dit Mélodie.

– Laurence sera de la partie ?

– Évidemment. On n'arrive pas à se voir aussi souvent qu'on le voudrait, mais ce rendez-vous est un incontournable ! Claude nous a dit qu'il avait de très beaux sapins cette année, on devrait trouver notre bonheur facilement !

Laurence est l'une des amies les plus proches de Mélodie. Je l'ai rencontrée à plusieurs reprises de mon vivant, c'est une femme qu'on n'oublie pas !

Mère et fille s'activent toute la matinée à sortir les cartons du grenier et à les déballer dans le salon.

Lorsque sonne l'heure du déjeuner, Vincent entre dans le salon qui s'est transformé en véritable boutique de Noël ! Il force Mélodie et Luce à faire une pause, mais à peine le dessert englouti, elles retournent aussitôt à leur tâche !

– Mélodie, on est attendus chez les Grapin pour le café ! rappelle Vincent.

Mélodie pousse un soupir, elle préférerait rester avec sa fille. Elle a tellement attendu ce moment.

– Ne t'en fais pas, Mamoune, je vais en profiter pour aller faire un tour en ville, ça me fera du bien de sortir un peu !

– Oh oui ! C'est pas qu'à toi que ça fera du bien ! intervient Nicolas depuis la cuisine, où il finit tranquillement son repas.

Je suis Luce jusqu'à sa chambre pendant que ses parents filent retrouver leurs amis. Elle donne un coup de brosse dans ses cheveux, glisse son téléphone dans sa poche et attrape son appareil photo. Alors qu'elle se retourne pour récupérer son écharpe sur le dossier de sa chaise, elle s'étonne de voir son vieil argentique sur son bureau. Un Post-it l'accompagne : « Sors-moi ! Sors-moi ! » ainsi que deux pellicules vierges. Un sourire vient illuminer le visage de Luce. Dans mon esprit, la dernière phrase de son frère prend un autre sens. Nico adore taquiner sa sœur, mais il y a souvent un double sens à ses piques, pour qui sait y déceler la tendresse qu'il y cache…

Luce attrape l'argentique et les pellicules avant de dévaler les escaliers.

– Merci, Nico ! dit-elle en claquant la porte de la maison derrière elle.

Chapitre 4

Mon inconnue

Habituellement, lorsque Luce sort avec son appareil photo à la main, elle déambule dans les rues, lentement, sans vraiment savoir où elle va, se laissant guider par ce qu'elle voit. Mais aujourd'hui, elle semble avoir une idée bien précise en tête, et c'est donc d'un bon pas que je marche à ses côtés. Elle ne peut s'empêcher de s'arrêter malgré tout lorsque son œil capte la mine fatiguée d'une mère penchée sur le berceau de son enfant qui pleure, ou encore l'air malicieux de cette dame aux cheveux blancs qui s'amuse à jouer des tours à ses petits-enfants. Croquer la vie quotidienne dans la rue, c'est ce que préfère Luce. Même si le challenge de rendre un paysage ou un objet aussi vivant qu'un portrait l'amuse énormément aussi.

Alors qu'elle parcourt la ville d'un bon pas, la place sur sa première pellicule s'amenuise rapidement. Arrivée rue des

Tilleuls, elle ralentit le pas. Plus elle s'approche du château de la bête, plus elle ouvre grand les yeux. C'est le même effet à chaque fois, comme si elle redevenait la petite fille fascinée par cette maison. Elle s'arrête juste devant, sur le trottoir d'en face, pour garder une bonne perspective. Son regard s'illumine lorsqu'elle aperçoit la bibliothèque, aussi belle et majestueuse que dans ses souvenirs.

– Incroyable ! Ils l'ont gardée !

– Ils ont gardé quoi ?

Luce sursaute alors qu'elle était en train de prendre une photo. En voilà une qui sera bonne à jeter !

Elle se retourne et je fais instinctivement un pas de côté pour éviter de me prendre un coup d'épaule. Je ne sais pas pourquoi j'ai encore ce type de réactions. Ça n'a aucun sens ! Prête à en découdre avec celui qui vient de lui faire rater sa prise de vue, Luce rougit en découvrant l'inconnu du train face à elle, emmitouflé dans son écharpe.

Il la reconnaît également puisqu'il s'exclame en minaudant :

– Mon premier bisou sur la bouche, c'était avec mon chat !

– Pardon ?

– Non… enfin… Pas moi, je veux dire… C'est toi, n'est-ce pas ? La fille du train ?

– Euh… oui, dit Luce, qui ne sait pas comment réagir.

– Ouf ! Heureusement ! Tu imagines la honte, sinon ? Bon, c'est déjà pas grandiose comme approche, même avec la référence, alors sans, je te dis pas ! s'amuse le jeune homme.

Luce lui sourit, radoucie par son attitude décontractée.

– Alors, ils ont gardé quoi ? dit-il en indiquant la maison d'un geste.

– La bibliothèque !

– Ah, je vois ! En plus d'être photographe, tu es un petit rat de bibliothèque.

– Ni l'un ni l'autre, répond Luce un peu sèchement, elle qui déteste être mise dans une case. J'aime juste prendre des photos, et les belles bibliothèques me fascinent. Ça ne fait de moi ni une photographe ni un rat de bibliothèque.

– Wouh, désolé. Décidément, je m'y prends très mal aujourd'hui. OK. On rembobine, on recommence. Salut, moi c'est Noah. Tu ne serais pas la jeune fille dont j'ai croisé le regard dans le train hier ? demande-t-il en lui tendant la main.

Ce garçon commence à m'intriguer.

– Salut, moi, c'est Luce, répond-elle, plus détendue.

– Enchanté, Luce. Si tu es au courant pour la bibliothèque, alors je suppose que tu n'es pas une touriste. Accepterais-tu d'être mon guide ?

– Ton guide ?

– Je viens d'arriver ici, je ne connais personne. J'aimerais bien découvrir les bonnes adresses du coin, mais comme je ne reste que pour les fêtes, j'y arriverai jamais tout seul !

– Attends. Tu veux dire que tu habites ici ? Dans le château de la bête ?

– Le château de la bête ? C'est moi que tu traites de bête ? dit-il en prenant un air faussement offensé.

– Ha, ha ! non. J'ai toujours appelé la maison comme ça à cause de la bibliothèque. Je suis tellement contente qu'elle soit toujours là !

– Ma mère aussi a flashé sur cette maison à cause de la bibliothèque. Il faudra que tu viennes la voir de l'intérieur un de ces quatre. Si tu aimes prendre en photo les belles bibliothèques, celle-ci vaut le détour.

Luce ne répond rien. Je le trouve bien entreprenant le bougre ! Ce jeune homme paraît si à l'aise, si spontané. L'exact contraire de Luce. Ça pourrait lui faire le plus grand bien de le côtoyer !

– Alors, qu'en dis-tu ? Tu acceptes d'être mon guide, et en échange, tu auras le droit à une visite privée de la bibliothèque du… château de la bête.

– Euh… OK ! Comment pourrais-je refuser une visite privée ? Mais crois-moi, dans l'histoire, c'est vraiment toi le perdant. Y a pas tant de trésors à découvrir par ici !

– Je n'en suis pas si sûr. Je crois que j'en ai déjà découvert un, dit Noah en lui faisant un clin d'œil. Mardi, tu serais dispo ? 14 heures, au bout de la rue ?

Luce, rouge comme une tomate, a à peine le temps de répondre un vague OK que le jeune homme traverse la route pour rentrer chez lui, où une jeune fille postée dans l'encadrement de la porte lui fait signe de se dépêcher. Arrivé en haut des marches du perron, il se retourne pour faire un geste d'au revoir à Luce, puis s'engouffre dans la maison.

Dans le vide, Luce, toujours plantée au même endroit, répond en levant un bras hésitant.

Lorsqu'elle reprend ses esprits, elle réalise ce qu'il vient de se passer. Tout le monde sait qu'on ne revoit jamais les inconnus qu'on croise dans les trains. Ça n'arrive que dans les films, ce genre de chose ! Et voilà que son inconnu à elle habite sa ville et vient de lui donner rendez-vous ! Je la laisse à ses pensées et profite de cette pause pour laisser mes yeux parcourir le paysage alentour. Autrefois, j'adorais marcher seule dans le silence (enfin, un silence tout à fait relatif quand on habite en ville). J'étais connectée à tout ce qui m'entourait, mes sens étaient en éveil. Aujourd'hui, le silence est devenu ma plus grande frustration, car il m'a rendue muette pour ceux que j'aime.

Alors que l'esprit de Luce continue à s'échauffer, son téléphone prend la voix de Michael Bublé pour chanter « *It's beginning to look a lot like Christmas* ».

– Allô ?

– *Hey ! What's up ?* T'as pas répondu à mon message hier soir, ni ce matin. Je te raconte pas les mille scénarios que mon esprit tordu a inventés. Tout y est passé : les animaux sauvages qui ont défoncé le train ; le tueur en série qui a pris ta voiture en otage ; le conducteur beaucoup trop alcoolisé qui a fait dérailler le train. J'ai même caché la télé dans les toilettes : j'avais trop peur de regarder BFM et de t'y voir, dans une mare de sang.

– Zoé ? Non mais ça va pas bien toi ! Tu m'as envoyé un message ce matin ? Désolée, j'ai pas vu, j'étais à fond dans les cartons de déco…

– Ça y est… Loin des yeux, loin du cœur… Aux oubliettes, Zoé ! Elle peut bien se faire un sang d'encre, on s'en fout !

Cette fille est vraiment une *drama queen*. Mais elle me fait bien rire !

– Bon, t'as fini ta comédie ? Faut que je te raconte un truc…

– Oh, oh ! Premier jour et déjà un truc à raconter ? Je suis tout ouïe ! J'espère qu'il a de beaux yeux !

Alors que Luce raconte dans les moindres détails sa rencontre avec Noah, d'abord dans le train, puis dans la rue des Tilleuls, ses pas la mènent à l'orée du petit bois qui borde le quartier résidentiel. Elle ne croise que quelques passants venus sortir leur chien… ou leurs enfants. Sa voix baisse de volume chaque fois que cela arrive, comme si les personnes qu'elle croisait allaient vraiment s'intéresser à ce qu'elle raconte. De mon côté, je m'amuse à passer de branche en branche sans perdre le fil de sa conversation avec Zoé. Les arbres sont un extraordinaire terrain de jeu pour qui n'est plus affecté par l'attraction terrestre.

– Tu as une photo ?

– Euh… non… À quel moment voulais-tu que je le prenne en photo ?

– Ben, je sais pas, moi, c'est toi la pro pour prendre les gens en photo par surprise. T'es toujours à l'affût d'habitude ! Tu avais super bien réussi avec Jack !

À la mention de son ami, Luce baisse le regard vers son appareil photo, se souvenant soudain qu'il se trouve là.

– Avec Jack, c'est différent... Il est si…

Le regard de Luce se perd dans ses souvenirs. Ses pas se sont arrêtés. Le temps semble suspendu. Un rayon de soleil vient chatouiller son visage. Sans lâcher son téléphone, elle prend une photo de cette lumière filtrant à travers les branches.

– Luce ? Tu es toujours là ? Je crois que ça a coupé.

– Hmmm. Oui, pardon. Non, c'est juste moi, désolée.

– Tu as encore buggé ? Dis donc, c'est moi, ou dès que j'évoque Jack, tu pars loin… Très loin?

Ah ! ça me rassure de ne pas être la seule à m'en être rendu compte. Je suis d'accord, Zoé, c'est un phénomène qui mérite une enquête approfondie !

– Quoi ? Mais non, qu'est-ce que tu racontes ? J'avais juste une super photo à prendre.

– Houla ! Noah est dans le coin ?

– Non, juste le soleil et les arbres.

– Pff, c'est nul ton sujet. Il y en a à Paris aussi, des arbres, tu sais !

– Oui, et des mecs aussi !

– Ah, des mecs, peut-être. Mais pas ton Noah !

– C'est pas mon Noah. J'aurais jamais dû te parler de lui. Tu ne vas plus me lâcher, hein ?

– Ben non. Pas tant que je n'aurai pas vu sa photo !

– Bon, je le revois mardi, je vais voir ce que je peux faire…

– Hiii ! Trop hâte de voir la tête qu'il peut avoir ! Même si j'ai déjà ma petite idée.

– Ah oui ? Et dans ta tête, il ressemble à quoi ?

– Hmmm… je vois bien un mix incroyable entre Matt Bomer et Timothée Chalamet… Alors, j'y suis presque ?

– Euh… pas vraiment ! Si tu t'imagines un mix de tes deux crushs du moment, ça va être difficile de faire mieux !

– Ça, je ne pourrai le savoir que quand j'aurai la photo sous les yeux !

– Oui, bon. Allez, à demain ! J'ai des photos qui m'appellent.

– Je ne peux pas rivaliser avec ça ! Je te laisse avec tes arbres, alors. Mais garde de la place pour Noah sur ta pellicule !

La voix de Zoé s'est à peine éteinte que déjà l'argentique vient remplacer le téléphone dans la main de Luce. Sa conversation avec son amie a ravivé en elle sa passion. Elle enchaîne les prises de vue, comme si elle voulait se faire pardonner d'avoir délaissé son appareil après sa rencontre avec Noah. Son œil ne quitte presque plus le viseur, sauf pour changer de pellicule. Sortie du petit bois, elle continue à croquer la vie de la ville, qui s'est un peu densifiée en ce milieu d'après-midi.

Soudain, son objectif se fixe sur une silhouette, casquette enfoncée sur la tête, assise sur un banc en train de lire. Cette scène la ramène quelques mois en arrière.

Paris, au printemps. Les terrasses qui rouvrent, les pelouses des parcs qui se remplissent… Les rendez-vous donnés à l'ombre d'un arbre. *Luce doit retrouver Jack au jardin du Luxembourg. Il lui a promis de lui donner des conseils pour mieux gérer la lumière de l'après-midi. Elle n'est pas en retard, et pourtant, lorsqu'elle arrive au rendez-vous, il est déjà là, assis sur un banc, une casquette enfoncée sur la tête et* L'Étranger *de Camus entre les mains. Il ne la voit pas, il est absorbé dans sa lecture. Elle en profite pour le prendre en photo, à la dérobée. Elle ne le connaît que depuis quelques semaines, mais elle ne se lasse pas d'en faire le sujet de ses photos. Ce jeune homme est encore si mystérieux que chaque portrait devient un indice pour percer ce mystère.*

Après avoir pris la photo avec son argentique, elle sort son téléphone et prend la même. Elle continue à marcher tout en tapant son message.

C'est presque comme si tu étais là avec moi… L

Elle ajoute la photo et appuie sur envoi.

Chapitre 5

The Holiday Calendar

En arrivant devant chez elle, Luce aperçoit sa mère, les mains plongées dans un carton de décoration et le regard tourné vers son père installé dans son fauteuil. Ils semblent en grande discussion. Face à la tendresse qui se dégage de la scène, et profitant de sa position derrière la fenêtre, Luce prend un dernier cliché. Avant d'entrer, elle regarde le compteur de la pellicule sur son appareil. Celui-ci indique 0. Elle va pouvoir faire développer cette nouvelle série. Si la dernière photo est bonne, elle pourra même peut-être l'offrir à ses parents pour Noël.

– Tu sais, il y a quelques années, j'ai vraiment eu peur qu'elle choisisse d'en faire son métier. Tu te souviens, elle se baladait partout avec son appareil, elle ne voulait plus le quitter, même pour dormir.

Sur le point d'entrer dans la pièce, Luce suspend son pas.

La voix grave de son père ne lui parvient pas aussi distinctement que celle de sa mère.

– …

– Ha, ha ! oui, c'est vrai. Elle a toujours eu de jolies images pour expliquer ses idées farfelues.

– …

– Oui, tu as raison. Mais vu ses notes, je crois qu'elle a fait le bon choix. J'en suis même sûre. Ce n'est pas toi qui diras le contraire, avoue. Tu es le premier à lui montrer que tu es fier d'elle.

Luce reste de marbre. Je voudrais pouvoir la secouer un peu. Allez…Claque la porte, tape du pied… Ce que tu veux, mais indique ta présence ! Je t'ai toujours dit que c'était mal d'écouter aux portes.

– …

– Ça c'est sûr, elle ne s'étend jamais sur le sujet. Peut-être ne trouve-t-elle pas de jolies images pour nous expliquer ce qu'elle vit. Et puis, elle grandit, elle devient une jeune femme.

J'ai beau m'agiter dans tous les sens autour d'elle, Luce reste aussi immobile qu'une statue. Je sais bien qu'elle ne me perçoit pas, mais qui ne tente rien… Finalement, la porte émet un grincement. Instantanément, les voix se taisent dans le salon.

C'est à toi, Luce, maintenant ! Tu vois bien qu'ils ont entendu la porte, brise le silence !

– C'est moi, je suis rentrée ! finit-elle par dire au bout d'un instant, pour mon plus grand soulagement.

Luce file dans sa chambre à la vitesse de l'éclair, comme si son corps se souvenait tout à coup qu'il pouvait bouger. Ce qu'elle vient d'entendre n'est pas une grande découverte. Elle a toujours su au fond d'elle que ses parents étaient heureux qu'elle ait choisi de faire des études qui lui assureront un métier stable. Lorsque sa prof d'anglais au lycée lui a un jour glissé une brochure de l'Isit dans un de ses très bons devoirs, l'idée l'avait séduite. Après tout, elle aime l'anglais et elle a toujours eu des facilités à apprendre les langues étrangères. Mais ses nombreuses discussions avec Jack ces derniers mois ont semé le doute en elle. Il lui a ouvert les yeux sur un choix qu'elle n'avait jamais envisagé : faire de sa passion le centre de sa vie. Aujourd'hui, elle ne sait plus où elle en est.

Luce ouvre le tiroir de sa table de chevet et en sort son journal intime. À l'intérieur, elle y retrouve sa toute première photo, qu'elle regarde mélancoliquement avant de se mettre à noircir les pages. Pendant vingt bonnes minutes, elle y couche toutes ses pensées, ses réflexions. Comme à mon habitude, je la laisse là et m'éloigne un instant. Lire le journal intime de quelqu'un sans sa permission, c'est interdit ! Nicolas est dans sa chambre, en grande conversation au téléphone.

Je redescends au salon, où Mélodie vient de sortir d'un carton une belle boîte ronde.

– Ah ! Le voilà !

– Quoi donc, ma chérie ? demande Vincent en levant les yeux de son journal.

– Le calendrier de l'Avent !

Mélodie dépose devant elle la boîte en bois avec ses vingt-quatre tiroirs surmontés d'un joli village de Noël peint dans des couleurs pastel.

– Ah ! attends, je vais chercher ma participation.

Vincent se lève et ouvre le tiroir fourre-tout du buffet. Il en sort vingt-quatre sachets.

– Tant que tu y es, peux-tu m'apporter le sac fleuri aussi ?

Vincent secoue le pochon qui se met à tinter.

– Que nous as-tu déniché cette année ? questionne-t-il en tendant le tout à Mélodie.

– Oh ! des petites surprises chinées à droite à gauche.

– Encore de la déco, en somme, soupire Vincent en roulant des yeux.

Mélodie hausse les épaules en souriant malicieusement.

– Et toi ? Oh ! mais quelle bonne idée ! Des boissons gourmandes. Ce sera parfait pour compléter les chocolats de Nathan.

– Il a réussi à les envoyer à temps cette fois ?

– Eh oui ! Il en a même envoyé deux pour chaque jour sachant que Luce serait des nôtres cette année. « Pour éviter la guerre du chocolat avec Nico », dit-elle en mimant les guillemets de ses doigts.

– Nathan, le pacificateur. Je le reconnais bien là, tiens ! Et Emma, des nouvelles ?

– Oui ! Regarde ce qu'on vient de recevoir d'Australie, dit Mélodie en attrapant une lettre bombée sur la table basse à côté d'elle. Elle n'a pas chômé, cette année, regarde-moi ces petites merveilles.

Mélodie étale le contenu de l'enveloppe sur la table et dévoile vingt-quatre petites suspensions en crochet pour le sapin.

– Très mignon, constate Vincent avant de se replonger dans son journal.

Le plancher de la chambre de Luce se met à craquer, je laisse là Vincent et Mélodie, désormais occupée à remplir les vingt-quatre tiroirs du calendrier de l'Avent, pour retrouver ma petite protégée.

Luce a abandonné son journal intime et s'occupe désormais des photos prises avec son téléphone. Alors qu'elle est en plein milieu d'une retouche, son téléphone se met à vibrer. Elle s'empresse d'ouvrir le SMS.

C'est comme ça que tu me vois ? Le solitaire flippant, soi-disant plongé dans son livre alors qu'il observe les passants pour mieux cibler sa proie ?

Je dirais plutôt le solitaire mystérieux tellement plongé dans son livre qu'il se fiche du regard des autres… Mais attends, qu'est-ce qui te fait dire qu'il est flippant sur ma photo ? J'ai si mal géré ma prise de vue ?

C'est peut-être la lumière basse et les ombres fortes qui m'ont fait dire ça… Ou alors, c'est juste pour t'embêter…

😔 Non mais en vrai, je ne voulais pas du tout créer un effet flippant. Comment je peux modifier la photo ? Maintenant que tu me l'as dit, je ne vois plus que ça… Pourquoi je ne t'envoie que des photos ratées ?

Hé ! j'ai jamais dit qu'elle était ratée, ta photo. Au contraire, l'effet est canon.

Sauf que ce n'était pas l'effet que je cherchais ! Moi, je voulais t'envoyer une ambiance cocoon Noël, pas terreur d'Halloween ! J'ai même pensé à ajouter un bout de guirlande dans le cadrage.

Mon conseil : fais attention à tes ombres. Parfois, on est si concentré sur nos sources de lumière qu'on en oublie qu'avec la lumière viennent toujours les ombres. Et qu'il faut y faire tout autant attention. Car une ombre mal placée, c'est comme une lumière mal gérée, ça donne un tout autre regard à ton sujet. Surtout pour toi qui travailles en N&B.

Luce reprend sa photo, y fait quelques retouches, prend du recul, la regarde un peu, revient à ses retouches, et finit par l'envoyer au bout de cinq minutes.

C'est mieux comme ça, non ?

L'ambiance est en effet complètement différente. Moi, je trouve ça super, mais bon… qui suis-je pour juger, hein ?

L'effet est complètement différent, ça c'est sûr. Là, j'aurais dit que tu me vois comme un solitaire déprimé qui croit tromper sa solitude au milieu de la foule mais qui reste quand même tout seul sur son banc.

Rooh ! Mais t'es pas possible. Maintenant tu dis que ma photo est déprimante ?

😄 Pas ta photo. Ton sujet.

Hmmm… je vois. En fait, c'est toi qui as un problème. Tu ne veux tout simplement pas te voir comme un solitaire mystérieux et rom…

Luce se reprend et efface la fin de sa phrase avant d'envoyer son message. Note pour mon enquête : Luce aurait-elle pour Jack des sentiments qu'elle ne s'avoue pas ?

Peut-être.

L'esprit de Luce s'anime soudain. Je la connais par cœur, elle vient d'avoir une idée fulgurante ! Oui, parfois elle a des réactions tout droit sorties d'un film d'animation. Elle est si expressive !

Tu viens de me donner une idée.

Après ce que tu viens de dire, maintenant tu as une idée… dois-je avoir peur.

Pas du tout. Mais tu sais quel jour on est demain ?

Dimanche ?

Le 1er décembre ! Et qu'est-ce qui démarre le 1er décembre ?

Le mois de décembre ?

Le calendrier de l'Avent !

Ah bon ?

Allez, t'as fini de jouer avec moi ?

Si tu savais…

Cette année, je vais te préparer un calendrier de l'Avent comme tu n'en as jamais eu. J'espère qu'à la fin, tu te verras enfin comme MOI je te vois !

Ok, ma curiosité est piquée.

Les yeux de Luce n'arrêtent plus de pétiller. C'est un vrai feu d'artifice !

Oh, ça me donne une autre idée.

Oulah. Mais j'ai lancé la machine infernale, arrêtez-la !

Non mais c'est par rapport à ce gars que j'ai…

Luce reprend à nouveau son SMS et le réécrit.

Je dois jouer les guides touristiques ces jours-ci mais je ne savais pas trop comment m'y prendre...

C'est pourtant simple, ça. « Voici la mairie, le cinéma, le supermarché, la gare… »

Tu manques beaucoup trop d'originalité mon pauvre !

Et en quel honneur tu vas jouer les guides touristiques ?

– Luuuce ! Nicooo ! Calendrier de l'Avent ! hurle Mélodie depuis le bas de l'escalier.

Y a des nouveaux en ville. Désolée, faut que je te laisse, y a ma mère qui a besoin d'aide avec les décos, j'ai l'impression. À demain pour le jour 1 !

Nouvelle note pour mon enquête : Luce n'a aucun mal à parler de Noah à Zoé, mais le cache à Jack… Ce n'est pas anodin ! Luce abandonne son téléphone sur son lit et sort de sa chambre. Par la porte entrouverte de son frère, elle perçoit une conversation téléphonique. « J'ai hâte de te voir… bisous », entend-elle alors qu'elle s'élance dans l'escalier, une enveloppe à la main. Un énorme sourire se forme sur ses lèvres. Elle en était sûre. Son frère est amoureux. Pas question d'en parler, se dit-elle en rejoignant sa mère.

La table du dîner est installée dans un salon décoré du sol au plafond, où seul manque le sapin, qui n'arrivera que dans quelques jours. Les fenêtres sont parsemées de flocons en papier découpé. Les portes sont encadrées de guirlandes végétales ornementées de pommes de pin, de bâtons de cannelle et de boules de Noël. Le manteau de la cheminée s'est paré de ses traditionnelles chaussettes et au-dessus trône le pêle-mêle familial sur lequel sont déjà accrochées quelques cartes de Noël, rappelant à toute la famille que même si leurs proches ne sont pas réunis avec eux, ils ne sont qu'à une lettre de distance.

Je regrette aujourd'hui que les Langlet ne soient pas de ces familles qui ont pour habitude d'ajouter un couvert de plus pour le dîner, cette fameuse tradition de « la place du pauvre » qui m'aurait assuré une chaise rien que pour moi. Tant pis, je m'installe dans le fauteuil non loin. Les discussions familiales vont bon train. Luce raconte sa rencontre avec Noah, en omettant bien des détails. Nicolas lance des traits d'humour à tout va. Mélodie évoque le calendrier de l'Avent et les préparations de Noël à venir, et Vincent, toujours aussi économe en paroles dans ces moments-là, porte un regard bienveillant et amusé sur toute sa petite famille.

Ce soir-là, l'esprit de Luce s'agite. Et ce qui est au centre de ses réflexions, c'est son rendez-vous prochain avec Noah, et sa fameuse idée. Elle passe la soirée et une bonne partie de ses rêves à affiner son plan, à envisager plusieurs possibilités, et à se faire des films. C'est donc avec un esprit encore bien embrumé qu'elle se lève le lendemain matin pour rejoindre le petit-déjeuner.

En arrivant dans la cuisine, les brumes sont dispersées à la vue du calendrier de l'Avent qui trône sur la table. Elle effleure de la main le haut des sapins qui ornent le village de Noël en bois avant d'ouvrir avec délectation le premier tiroir. Rien de mieux qu'un bon chocolat et une petite surprise pour bien démarrer la journée !

La surprise est bien là, ça, c'est sûr… mais le chocolat en revanche… il faudra revenir demain !

Le papier vide ne contient rien de comestible, juste cette phrase écrite sur un Post-it : « Le chocolat appartient à celui qui se lève tôt ». Luce ne compte pas se laisser faire. OK, *game on*, frérot ! Puisque c'est la guerre que Nico veut en volant les deux chocolats… il l'aura !

Chapitre 6

'Tis the Season to Be Merry

Deux jours plutôt calmes s'écoulent en famille, pendant lesquels Luce démarre son calendrier de l'Avent pour Jack, mais sans susciter de grande réaction de sa part. Le mardi, à 13 h 50, Luce passe la porte de la maison, à la fois pleine d'entrain et rongée par une appréhension certaine. Même en volant, j'ai du mal à suivre son rythme.

À 13 h 55, le portable de Luce vibre dans sa poche. Elle y jette un coup d'œil. C'est Zoé. Luce ouvre le texto qui fait apparaître un affreux montage des traits de Matt Bomer mêlés à ceux de Timothée Chalamet. La légende est limpide : « N'oublie pas la photo ! » Luce retient un rire.

Elle arrive à l'angle de la rue des Tilleuls juste au moment où Noah apparaît, bonnet sur la tête et emmitouflé dans son écharpe bleue. Lorsqu'il l'aperçoit, son visage se pare d'un sourire radieux. Toute l'appréhension qu'a pu ressentir Luce jusqu'à présent s'envole instantanément. Décidément, ce garçon a un effet incroyable sur ma petite Luce. Encore une affaire à suivre de près. Je sens que je ne vais pas m'ennuyer pendant ces vacances !

– Bonjour, honorable guide ! dit Noah dans un geste théâtral.

– Salut à toi, inconnu du train et nouveau résident du château de la bête, répond Luce sur le même ton.

– Trop long, ce surnom ! Tu as une version abrégée et plus… amicale ?

Luce sourit.

– Prêt pour la visite ? Je voudrais te proposer un petit jeu.

Noah semble intrigué.

– Pour jouer à fond mon rôle de guide, il me faut un peu plus de précisions sur ce que tu aimes, qui tu es…

– Je crois que je suis en train de me faire avoir…

– Tu es encore l'inconnu du train, à mes yeux. Il s'agit juste de répondre à quelques questions en chemin ! Surtout si tu veux raccourcir ton surnom.

Malgré son audace, je sens Luce en lutte avec ses doutes. Cette fille manque de confiance en elle, c'est terrifiant !

– OK, finit par dire Noah, mais j'ajoute une règle à notre jeu. À chaque lieu visité, tu me dévoiles une anecdote sur ton lien avec l'endroit.

Luce semble hésiter un instant, puis elle tend la main d'un geste solennel.

– Marché conclu.

Noah serre joyeusement la main de Luce avant de lui emboîter le pas. Alors qu'ils descendent la rue, elle commence le jeu.

– OK, première question. Tu as compris que ma passion, c'est la photographie, dit-elle en montrant son appareil photo, accroché à sa ceinture. Et toi, quelle est ta passion dans la vie ?

– Ma passion, hein ?

Noah fait une pause un peu théâtrale puis répond :

– Je t'ai dit que ma mère avait flashé sur la bibliothèque lors de l'achat de la maison. Mon père, lui, c'est le jardin qui lui a vraiment plu. Quant à moi… c'est la cuisine ! Une grande pièce bien éclairée et un îlot central gigantesque pour pouvoir cuisiner sans avoir peur d'en mettre partout !

Luce avait imaginé mille et une choses, mais elle ne s'était certainement pas attendue à cela.

– Oh, je suis donc accompagnée d'un futur chef étoilé ?

– Je ne sais pas si j'en ferai un jour mon métier. Mais en tout cas, j'aime cuisiner. Alors, quel lieu est-ce que ça t'inspire ?

– J'ai exactement ce qu'il te faut, viens, c'est à dix minutes d'ici.

– Tu ne me diras pas où on va, je suppose ?

Luce prend un air malicieux qui apporte à Noah la confirmation à sa question et s'élance d'un pas assuré vers le centre-ville.

Alors qu'ils continuent à discuter en chemin, je m'amuse à prendre un peu de distance pour les regarder de loin. Je ne crois pas avoir déjà vu Luce à l'aise avec quelqu'un aussi rapidement.

Elle semble légère aux côtés de Noah, débarrassée de toute préoccupation. Ces vacances s'annoncent surprenantes…

Arrivés sur la place principale du centre-ville, ils laissent derrière eux la mairie et empruntent une rue calme qui descend vers les berges. À mi-chemin, Luce s'arrête et tourne dans une ruelle sombre et étroite.

– Je commence vraiment à me demander où tu m'emmènes, là. Tu n'es pas une serial killer déguisée en belle jeune fille, j'espère…

Luce fait semblant de ne pas avoir entendu le compliment, mais la légère rougeur de ses joues n'est pas due à la fraîcheur de l'air, croyez-moi.

– Tu sais qu'Halloween, c'était le mois dernier, n'est-ce pas ? continue Noah. C'est plus la saison des meurtres dans les ruelles sombres, là !

– Ha, ha ! allez viens, crois-moi, tu ne vas pas être déçu.

– Pas déçu d'être découpé en petits morceaux ? se renseigne Noah sans bouger d'un pouce à l'entrée de la ruelle.

Luce se retourne, visiblement amusée, et le voyant immobile, elle lui attrape le poignet pour l'entraîner à sa suite. Rapidement, ils débouchent sur une place ronde où les pavés entourent une fontaine centrale. Les décorations rouge et or qui ornent le lieu lui donnent une allure hors du temps. Noah est sous le charme. Les lutins du père Noël ont très certainement remplacé les meurtres dans son esprit, et Luce n'est pas peu fière de son effet. Après un instant, elle entraîne Noah vers un café qui borde la place : *Aux Délices de Marius.*

– Puisque tu aimes tant cuisiner, je ne doute pas que tu sois un fin gourmet. Ici, tu trouveras tout ce qu'il te faut pour satisfaire tes papilles, mais également pour attiser ta curiosité.

– Génial !

Luce lui ouvre la porte du petit café, et aussitôt des effluves de chocolat et d'épices viennent chatouiller leurs narines. Mesurent-ils leur chance ? Depuis que j'ai totalement perdu l'odorat, je me rends compte à quel point les senteurs, les parfums embellissent la vie. Aujourd'hui, il ne me reste que leur souvenir, ou ce que Luce me transmet via ses propres sensations.

Le lieu est animé en ce début d'après-midi. Couples, familles, amis sont attablés autour des tables ou attendent dans la file qui mène au comptoir. Marius a toujours eu un don pour attirer la clientèle. Luce dépasse tout le monde et entraîne Noah vers l'arrière-boutique. Derrière un simple rideau entrouvert, Noah découvre un étalage d'ingrédients et, au centre, un tableau noir avec l'inscription : « Recette du moment : les florentins à l'orange et au sirop d'érable ». Luce attrape une carte sur le dessus du paquet qui se trouve devant le tableau et la tend à Noah.

– Marius est non seulement le meilleur pâtissier-chocolatier du coin, mais en plus de cela, c'est un homme qui aime profondément partager. Tous les quinze jours, il propose une « recette du moment » pour que les amateurs de cuisine comme toi puissent les tester. Il invente de nouveaux mélanges de saveurs, et a toujours une recette sous le coude à partager.

– Mais s'il partage tous ses secrets, il va faire faillite !

Luce referme le rideau qui sépare l'arrière-boutique de la foule du café.

– Tu crois ? Comme dit Marius, « personne n'arrivera à cuisiner mes recettes aussi bien que moi, de toute façon, et les autres sont trop fainéants pour les essayer eux-mêmes ! » parodie Luce en imitant la voix du propriétaire des lieux.

Noah rit de bon cœur.

– Ce Marius me plaît déjà. Si tu dis que c'est le meilleur pâtissier-chocolatier du coin, alors il faut goûter ça !

Ce n'est pas seulement le meilleur pâtissier, c'est aussi un homme extraordinaire. Luce et Noah se glissent dans la file toujours aussi longue des clients et je me trouve une petite place à côté d'eux pour continuer à suivre leur échange.

– Bon, dis-moi ce qui te rattache à ce lieu, maintenant.

Luce se plonge dans ses souvenirs.

– C'est ma grand-mère qui me l'a fait découvrir. Elle a toujours eu une relation particulière avec Marius. Elle venait de fêter ses vingt-cinq ans lorsque la famille de Marius est venue s'installer ici. Ils avaient besoin d'une nounou pour leur petit dernier… Marius. Ce n'était pas une famille très riche, mais ses parents étaient tous deux des travailleurs acharnés et avaient plusieurs boulots afin de pouvoir offrir la meilleure vie possible à leurs enfants. Pour eux, cela voulait dire pourvoir à leurs besoins financiers avant tout. Nanny, qui élevait déjà ses deux petites-filles, a donc recueilli Marius et l'a élevé comme si c'était son propre fils. Marius, je l'ai toujours considéré comme mon oncle, même si aucun lien du sang ne nous relie. Quand il a ouvert ce café, je n'étais qu'une enfant, mais déjà à l'époque, un rituel s'est mis en place avec ma grand-mère. Chaque dimanche, après le déjeuner familial, alors que les parents prenaient le café en paix, Nanny nous emmenait, nous, les enfants, chez Marius pour y déguster le chocolat chaud de notre choix.

Je me souviens de ce rituel. Petite, Luce en ressortait toujours avec des moustaches de lait qu'elle ne voulait surtout pas effacer avant la toilette du soir. Pour elle, c'était le souvenir de ce merveilleux moment, et chaque fois qu'elle se voyait dans un des nombreux miroirs de la maison, un sourire venait faire danser ses moustaches.

– C'était notre moment à nous, continue Luce. Nous nous sentions comme des rois. Nous étions libres de choisir n'importe quelle saveur, Marius répondait à tous nos désirs, et Nanny ne commentait jamais nos commandes. Elle se contentait d'être là, avec nous, de prendre du temps pour nous.

– Oh ! Marius fait donc des chocolats chauds parfumés ?

– Bien sûr ! Quels que soient tes goûts, Marius peut satisfaire les plus farfelus !

– Ah oui ? Et quelle est la saveur la plus farfelue que tu aies goûtée ?

– J'aurais aimé pouvoir m'attribuer ce mérite, mais mon grand frère a l'esprit bien plus tordu que moi… Un jour, il a voulu jouer un tour à Marius. Il lui a commandé un chocolat chaud à la crème d'huître. Eh bien, au final, c'est lui qui a été pris à son propre jeu, car même si Marius lui a dit qu'il ne pourrait pas le faire le jour même, lorsqu'il lui a servi la semaine suivante, mon frère n'en menait pas large. Qu'est-ce qu'on a ri ce jour-là !

Noah contemple Luce revivre ses souvenirs, des rires plein les yeux.

– C'est Nanny qui a fini la tasse, et elle nous a assuré que ce n'était vraiment pas si mal. Nous ne l'avons jamais crue, même si elle a réussi à convaincre Marius de le rajouter à sa carte. En tout cas, Nathan n'a plus jamais tenté de saveur aussi exotique après ça.

Enfin arrivés à hauteur du comptoir, Luce se plante devant Marius.

– Hé ! mais si ce n'est pas notre Luce qui est de retour ! Comment va notre Parisienne préférée ?

– Salut, Marius, ça va super, et toi ? Les affaires tournent toujours aussi bien à ce que je vois.

– Ah ! la saison m'aide bien, je n'ai pas à me plaindre, c'est sûr !

– Marius, je te présente Noah. Sa famille vient d'emménager rue des Tilleuls.

– Bienvenue en ville, mon garçon ! Je vois que tu sais choisir tes amis, continue Marius avec un clin d'œil vers Luce.

– Bonjour, Monsieur Marius. Luce m'a survendu vos chocolats chauds, j'espère maintenant ne pas être déçu, même si je suis déjà conquis par le lieu et son arrière-boutique.

– Il me donne du Monsieur, et en plus il me défie de ne pas être à la hauteur de ma réputation. Tu l'as trouvé où, ce bougre ?

– Mais les défis, ce n'est pas ce qui rend la vie plus palpitante ? répond Noah.

Marius le toise un instant avant de s'exclamer en riant :

– Ha, ha ! Bon, qu'est-ce que je vous sers ? Luce, l'habituel ?

Luce acquiesce joyeusement.

– Et pour Monsieur Défi, ce sera quoi ?

– Un chocolat chaud à la banane, s'il vous plaît.

– Hmmm… Pas si aventureux que ça.

– OK, alors je vous laisse y ajouter un ingrédient surprise !

– Ah, voilà qui me plaît bien ! Ce sera tout ?

Marius aperçoit la carte de la recette du moment dans la main de Noah.

– C'est pour toi ? demande-t-il.

Noah acquiesce.

– OK, alors je te rajoute un florentin, offert par la maison. Et puisque tu aimes tant les défis, en voici un pour toi : je te mets au défi de réussir ton florentin aussi bien que moi !

Noah prend un air solennel et répond :

– Défi accepté ! Je ne reviendrai ici que lorsque j'aurai préparé un florentin aussi bon que le vôtre ! Et je viendrai vous le faire goûter !

– Oh là, non ! j'espère bien que tu reviendras avant cela… sinon, je risque de ne pas te revoir avant un bon bout de temps ! Ce sera sur place ou à emporter ?

– À emporter, s'il te plaît, Marius. J'ai encore plein de lieux à faire découvrir à notre nouveau résident. Tu es notre premier stop de la visite.

Après avoir payé et récupéré leur commande, Noah et Luce se retrouvent à nouveau dans la fraîcheur de la rue. Avant de les rejoindre, je dépose une rapide bise sur la joue de Marius. Une manière pour moi de le remercier pour toutes ces fois où il m'a écoutée et consolée à bonnes doses de chocolat.

– Avant que tu me poses ta deuxième question, j'en ai une qui me taraude, dit Noah. C'est quoi ton parfum habituel ?

– J'ai beau avoir testé beaucoup de choses, rien n'a jamais réussi à détrôner le classique cannelle-chantilly. Je ne sais pas trop pourquoi, mais il a une saveur particulière pour moi.

Luce a les yeux dans le vague, et c'est bien dommage, car si elle avait aperçu la douceur du regard que lui jette Noah à cet instant, elle aurait certainement fondu aussi vite qu'un chamallow dans une tasse de chocolat chaud.

– Bon, et le tien, alors ? C'est quoi l'ingrédient mystère de Marius ?

Noah porte la boisson à ses lèvres, sa réaction ne se fait pas attendre.

– Waouh. Il faut absolument que je sache ce qu'il a ajouté. Je n'arrive pas à deviner, mais c'est une tuerie.

Noah file à l'intérieur du café et en ressort aussitôt en disant :

– De la citrouille ! Il a ajouté de la citrouille. Eh bien, je n'aurais pas parié sur ce mélange… mais c'est un délice !

– Contente que le résultat soit à la hauteur de ce que je t'avais vendu. Alors, maintenant, deuxième question. Si tu devais choisir entre musique et cinéma, ce serait quoi ?

– Musique ! répond Noah immédiatement. Attention, ne va pas croire que je n'aime pas aller au ciné ou regarder des films, hein. Mais disons que je peux passer des heures à juste écouter de la musique et me laisser transporter par la mélodie.

Tiens, tiens, je connais bien cette habitude-là ! Voyant que Luce l'observe sans rien dire, Noah continue.

– Je ne suis pas très difficile question genre, à partir du moment où il y a une bonne mélodie ou des textes intéressants. Mais j'avoue qu'ayant grandi avec des parents qui mettaient Ray Charles, Louis Armstrong ou Norah Jones en boucle dans la maison, j'ai une attirance particulière pour le jazz. Je suis curieux de savoir quel lieu cette info va t'inspirer…

Luce regarde sa montre et déclare :

– Il est encore trop tôt. Il va falloir attendre une bonne demi-heure avant d'y aller. Largement le temps pour la question 3. Si tu avais un super pouvoir, ce serait quoi ?

Noah semble intrigué.

– Mais dis-moi, tu ne te facilites pas la tâche avec ce genre de questions ! OK, tu es joueuse, j'aime ça.

Luce hausse les épaules en souriant. S'il savait... Lorsque Luce a pensé à cette question, elle s'est dit que c'était un bon moyen de l'impressionner. Mais pour cela, il fallait qu'elle puisse trouver un lieu pour chaque réponse possible. Elle a donc passé une bonne partie de ces derniers jours à faire une liste de tous les super pouvoirs et des lieux qui y répondraient au mieux. Même son frère a participé !

Noah réfléchit intensément à la question, alors Luce s'exclame :

– Ne me dis pas que tu ne t'es jamais posé la question !

– Si, si, mais je n'ai jamais réussi à y répondre ! Il y a tellement d'options possibles !

– Alors dis la première chose qui te vient à l'esprit, là, maintenant, tout de suite.

Noah plante son regard dans les yeux de Luce et déclare :

– Pouvoir arrêter le temps.

Eh bien croyez-moi ou non, mais au moment même où il prononce ces mots, le temps semble effectivement s'arrêter. Si les joues de Luce ne rosissaient pas tout doucement, j'aurais moi-même parié sur le pouvoir de Noah...

Puis, plus rapide que l'éclair, Luce dégaine son appareil photo et déclenche une prise. Avant que Noah puisse dire quoi que ce soit, elle annonce :

– OK, suis-moi, j'ai deux lieux en tête.

Noah se laisse entraîner par la jeune fille dans les rues pavées du centre-ville. Ils passent à côté du cinéma, d'un fleuriste, et de plusieurs boutiques en tous genres. Enfin, ils arrivent dans une longue rue commerçante où les grandes enseignes rivalisent de créativité pour rendre leur vitrine plus attractive que celle du voisin. Évidemment, Luce s'arrête devant la seule qui ne semble pas jouer le même jeu.

– Un antiquaire ? déclare un Noah quelque peu déconcerté.

– Viens, dit simplement Luce en faisant tintinnabuler le carillon de la porte d'entrée du magasin.

Contrairement aux Délices-de-Marius, ici, il n'y a pas foule…

– Bonjour Mme Gilles, dit Luce en passant à côté d'une dame sans âge en train d'ajouter de nouveaux bibelots à ses étagères.

– Bonjour, Luce.

– Attends, ne me dis pas que tu viens souvent dans ce magasin, murmure discrètement Noah.

– Moi, non, pas si souvent, mais j'ai une mère qui adore faire les brocantes, et je l'ai souvent accompagnée petite.

Luce emmène Noah de salle en salle, toutes plus encombrées les unes que les autres. Je sers la main à quelques inconnus de pierre au passage et salue les portraits suspendus entre deux étagères. Lorsque enfin Luce s'arrête, elle se penche pour prendre un objet et tend son poing fermé à Noah. Celui-ci, intrigué, lui présente sa main, paume ouverte, et Luce y laisse tomber une vieille montre à gousset.

– Ha, ha ! laisse-moi deviner, le mécanisme ne fonctionne plus ? rit Noah en ouvrant le gousset. Bien joué.

Luce ressort de la boutique aussi rapidement qu'elle y est entrée et lance un « Au revoir, Mme Gilles » au passage.

– Dis donc, tu es si pressée que ça ? lui demande Noah.

Luce prend une grande bouffée d'air frais avant de répondre.

– Non, pas du tout. J'ai juste du mal avec l'odeur de poussière dans ce magasin !

Dix minutes plus tard, les voilà arrivés devant la galerie de photos accolée au centre culturel.

Aucun des deux n'ose plus parler dans ce lieu à l'atmosphère si calme. Luce s'installe en silence sur le canapé pendant que Noah parcourt les différentes photos exposées sur les murs. Je m'assieds à côté de Luce et suit son regard. Elle a les yeux fixés sur le portrait face à elle et ne voit donc pas Noah lui jeter des coups d'œil de temps à autre. Il finit par s'installer à côté d'elle, m'obligeant à me glisser plus loin. Luce commence à sentir son regard sur elle et sort de sa contemplation. Elle murmure :

– Pour moi, la photographie a toujours eu ce pouvoir d'arrêter le temps. Capturer un moment, un instant, et le graver à jamais sur une pellicule.

– C'est pour cela que tu as pris une photo tout à l'heure ?

– Peut-être, oui. Je n'ai pas toujours été très douée avec les mots. La photo est devenue ma façon de m'exprimer.

– Je n'ai pourtant pas eu cette impression depuis le début de l'après-midi. Peut-être qu'un jour, tu n'auras plus besoin de la photographie pour t'exprimer. Qui sait ?

Luce fronce légèrement les sourcils et se remet à contempler l'homme sur la photo. Attention Noah, tu fais fausse route en voulant l'éloigner de la photographie pour mieux te rapprocher d'elle…

Après un instant, Noah brise le silence.

– Qu'est-ce qui te fascine tant dans cette photo ?

– Elle est pleine d'espoir, tu ne trouves pas ?

– Un homme seul, assis sur le banc d'un quai de gare vide ?

Luce sourit.

– Oui, regarde. Il n'a aucune valise et il fixe l'horizon. Comme si tout était possible à partir de cet instant. Elle t'évoque quoi, toi ?

– La solitude.

– Hmmm, je suppose que c'est un point de vue. Mais qui sait ? Peut-être qu'il attend quelqu'un, justement ?

– Oui, mais pourquoi avoir photographié ce moment plutôt que les retrouvailles, alors ?

– Tout est dans les possibles, dit Luce avec un sourire en coin. Allez viens, un autre lieu nous attend.

En sortant de la galerie, Luce attrape la carte de visite du photographe et la glisse dans son sac. Noah s'en est rendu compte, mais il ne fait aucun commentaire. Au lieu de cela, il passe le trajet jusqu'au parc à faire des pronostics sur l'endroit où Luce l'emmène. Ses prévisions, d'abord classiques (magasin de musique, salle de concert ou de karaoké), deviennent de plus en plus farfelues, allant jusqu'à la volière où les oiseaux se mettraient à leur chanter un rock endiablé. Lorsque Luce le promène d'allée en recoin dans le parc de la ville, Noah n'affiche donc aucun étonnement. Ils s'arrêtent devant le vieux kiosque caché derrière une haie et un flot de souvenirs envahit mon esprit. Luce s'installe en tailleur au milieu du kiosque et invite Noah à en faire autant. Une fois mes émotions mises en sourdine, je les rejoins. Je m'assieds un peu à l'écart. Je choisis la colonne contre laquelle je me suis si souvent adossée. C'était si bon de sentir la fraîcheur de la pierre contre mon corps.

– Bon, je commence à comprendre que tu aimes le mystère, mais là, vraiment, je ne vois pas du tout pourquoi nous sommes ici.

Luce regarde sa montre puis se tourne vers Noah. Elle lui fait signe de se taire et d'écouter. Après quelques secondes, une mélodie commence à se faire entendre. D'abord infime, puis de plus en plus intense.

– Ça vient d'où ? Comment tu savais ? demande Noah en regardant tout autour d'eux, cherchant désespérément la source de la musique.

– Derrière cette haie d'arbres qui borde le parc se trouvent des appartements. Je ne sais pas exactement d'où provient cette musique, je crois que j'ai toujours voulu garder ce mystère. Tout ce que je sais, c'est que chaque jour, une mélodie se fait entendre à 15 h 30 précises, et les musiques s'enchaînent pendant trente minutes non-stop.

– Et par quel hasard as-tu découvert tout ça ?

– C'était il y a dix ans, je faisais...

– Attends, attends… la coupe Noah. Tu veux dire que ça dure depuis dix ans ?

– Oui, tout à fait. Je faisais de la danse à l'époque, et on rentrait toujours à pied avec ma mère en passant par ici.

– Et un jour, tu t'es rendu compte qu'il y avait toujours de la musique.

– Non, pas tout à fait. Enfin, ce n'est pas moi qui en ai pris conscience.

Un voile de mélancolie traverse les yeux de Luce avant qu'elle ne continue. Je m'approche d'elle, tenant à distance autant que je peux ces sentiments qui font surface.

– Un jour, ma mère a commencé à donner des cours le mercredi après-midi et ne pouvait donc plus venir me chercher. C'est ma marraine qui l'a remplacée. Élisa… Elle a toujours eu un sens de l'observation vraiment développé. C'est elle qui m'a appris à toujours être attentive aux petits instants de la vie. Donc ce premier jour, lorsqu'on est passées par ici après mon cours de danse, elle s'est arrêtée et s'est mise à écouter.

La tendresse de sa voix me transperce l'âme. Instinctivement, je me place derrière elle pour la serrer contre moi. La tête penchée vers la sienne, je lui caresse les cheveux, comme j'en avais l'habitude lorsque je l'écoutais me raconter ses histoires d'enfant.

– Je l'ai regardée un instant, fascinée qu'elle puisse rester immobile aussi longtemps à simplement écouter de la musique, continue Luce.

– Ha, ha ! Je vois qu'on a des points en commun elle et moi. Il faudra que tu me la présentes un de ces quatre !

Alors ça, ça va être compliqué, mon petit gars.

– Elle ne vit plus ici, esquive Luce.

Un ange passe et une larme solitaire m'étreint le cœur avant qu'elle reprenne :

– Enfin bon, après ça, les retours du cours de danse étaient toujours plus longs. Elle m'apportait un livre ou mon appareil photo, et on restait là le temps de la musique avant de rentrer. C'était si bien.

Si bien… oui.

Luce ferme les yeux un instant pour s'imprégner de la musique et de ses souvenirs. Lorsqu'elle les rouvre, elle trouve Noah debout face à elle, lui tendant une main.

– Mademoiselle Luce, m'accorderez-vous cette danse ?

Mal à l'aise, Luce éclate de rire. Mais voyant que Noah reste sérieux, elle se reprend :

– Tu m'invites vraiment à danser, là ?

– Allez, y a personne !

– Ma mère m'a toujours dit de ne jamais danser avec des inconnus.

Noah fait la moue.

– Bon, elle n'a peut-être pas dit « danser ».

– Et je crois qu'après l'heure qu'on vient de passer ensemble, je ne suis plus vraiment un inconnu, si ?

– C'est vrai, cède Luce en se levant.

Noah a bien senti le malaise de Luce, et au lieu de se lancer avec elle dans un slow, il se met à gesticuler sur la musique. L'effet est immédiat, encore une fois. Décidément, ce garçon est doué. Toute tension quitte Luce, qui se met à rire, puis à se joindre à Noah.

Oui, j'en suis sûre désormais. Ce garçon a déjà commencé à bouleverser ma Luce. Ce qui veut dire que je vais devoir garder un œil sur lui, maintenant. S'il lui brise le cœur, il aura affaire à moi. Je ne sais pas encore comment, mais il aura affaire à moi !

Chapitre 7

The Holiday

Tuuuut, tut, tut, tut, tuuut !

– Maman, tu vas réveiller tout le quartier ! s'amuse Luce.

– Oh ! t'inquiète, on n'est pas à Paris, les gens ne se lèvent pas à 10 heures ici !

Luce, à mes côtés à l'arrière de la voiture, avait oublié combien sa mère pouvait être excitée comme une puce à l'idée d'une virée avec son amie Laurence, surtout qu'elle l'a attendue patiemment toute la semaine. Laurence sort justement de chez elle, et arrive vers la voiture en se déhanchant au rythme de la musique de Noël qui s'échappe de son portable. Mélodie explose de rire dans l'habitacle.

– Vous faites vraiment la paire ! s'exclame Luce.

– *Wockin' aroun… ze christmas twee…* chante Laurence dans un anglais approximatif mais assumé.

– *A happ-ppy ho-liday*, la rejoint Mélodie avant de l'enlacer en guise de bonjour.

– Alors, les filles, prêtes pour récupérer les plus beaux sapins ?

– Toujours ! répond Luce.

– C'est parti ! Roule, ma poule !

Les rues défilent à toute allure derrière les fenêtres, et les chansons de Noël s'enchaînent jusqu'à ce qu'enfin, la pépinière de Claude apparaisse derrière le pare-brise. Le parking n'est pas encore très rempli. Normal, peu de gens sont aussi enthousiastes à l'idée de se lever si tôt pour acheter un sapin de Noël !

À peine sont-elles entrées dans le cabanon qui tient lieu de boutique, qu'une voix grave et chaleureuse lance un joyeux « Bonjour ! ». Ce n'est vraiment pas étonnant que Claude soit tous les ans réquisitionné pour être le père Noël dans la parade. Avec sa voix chaude, sa belle barbe blanche bien fournie et sa carrure de bûcheron, il était prédestiné pour ce rôle !

– Ah ! Mes plus charmantes clientes, s'écrie-t-il en découvrant les visages souriants des trois femmes qui viennent d'entrer dans sa boutique. Cette année, croyez-moi, vous n'allez pas être déçues. J'ai vraiment des petites merveilles à vous proposer. Suivez-moi !

Luce emboîte le pas à Claude, laissant Mélodie et Laurence la suivre. Le vieux bûcheron les mène dans le dédale des allées, au milieu des sapins. Petits, grands, dégarnis ou bien fournis… il y en a pour tous les goûts ! Mais Claude connaît bien ceux de

Mélodie et Laurence et sait exactement ce qui peut leur convenir. Il les mène donc toujours plus loin dans les allées.

– Oh ! celui-là est pas mal, regarde-moi cette belle couleur bleu glacier ! lance Laurence.

Claude se retourne pour voir lequel lui a tapé dans l'œil.

– J'ai encore mieux, crois-moi.

Au bout de quelques pas, Claude s'arrête enfin.

– Pour toi, Laurence, voici un sapin noble, équilibré et fourni comme j'en reçois peu ! Et bien longiligne en plus de cela. Tout ce que tu aimes, n'est-ce pas ?

– Oh là là ! mais oui, merci, Claude ! Aucun doute, je te le prends tout de suite ! Ah ! Je ne me lasserai jamais de la couleur incroyable de ces sapins.

Luce et Mélodie se regardent avant de dire d'une même voix :

– Belle, mais un peu froide !

– Rooh ! mais c'est justement ça qui fait ressortir les couleurs des décorations ! Oh, mon Dieu ! En parlant de décorations… Faut que je vous dise… Vous ne savez pas ce que Martin m'a sorti l'autre jour ? Accrochez-vous bien… il veut un sapin entièrement décoré de Lego ! Depuis qu'il a vu ça sur Internet, il m'en parle à longueur de journée ! Il a déjà ressorti tous les jouets des garçons.

– Ha, ha ! Au moins vous ne manquerez pas de couleurs dans votre déco ! s'exclame Mélodie.

– Moi qui me disais que je n'avais plus d'enfants à la maison… Quelle idée. Il m'en restera toujours un !

– Au moins votre sapin sera unique, dit Claude en déposant une étiquette « vendu » sur les aiguilles bleu glacier.

Luce, impatiente de découvrir celui que va leur proposer le bûcheron, demande :

– Alors, Claude, lequel as-tu repéré pour nous cette année ? Attention, bien…

– … fourni jusqu'en haut ! Oui, oui, je sais, Mademoiselle Luce. Venez.

Le petit groupe continue à suivre Claude le long de quelques allées.

– Pour vous, il y a cet épicéa, dit Claude en désignant un haut sapin longiligne. Ou bien…

Il fait trois pas supplémentaires et pointe un autre sapin, à l'allure majestueuse et à la forme plus triangulaire.

– Ce Nordmann. Qu'en dites-vous ?

– J'en dis que vous nous connaissez vraiment bien, mon cher Claude ! dit Mélodie, qui se tourne ensuite vers Luce.

Perchée sur le sapin face à elles, je perçois dans leur échange silencieux toute leur complicité mère-fille. Elles finissent par répondre en chœur :

– Le Nordmann !

– Ah ! très bon choix, très bon choix, approuve Claude en déposant une étiquette sur le sapin. Je vais m'occuper de nos deux gaillards, continue-t-il, mais ça va prendre un peu de temps. Allez donc voir Monique dans la boutique, et demandez-lui sa spécialité du moment, conclut-il avec un clin d'œil malicieux.

– Super ! Merci, Claude. À plus tard, alors, dit Mélodie en attrapant Laurence par le bras avant de repartir vers le cabanon.

À peine ont-elles parcouru quelques allées que déjà leurs rires se font entendre.

Luce, restée près de Claude, sort son appareil photo de son sac et demande :

– Euh, Claude ? Ça ne te dérange pas si je reste un peu avec toi pour prendre des photos pendant que tu coupes nos arbres ?

– Oh ! mais non, voyons. Tant que tu ne me déranges pas pendant que je travaille… et que tu me montres tes photos ensuite, lui répond Claude en souriant.

– OK. Mais je ne certifie pas la qualité des photos !

– Et pourquoi ne seraient-elles pas réussies, hein ? Tu as le meilleur des sujets, dit-il en bombant le torse.

Luce se met à rire.

– Je parlais des sapins, bien entendu, continue Claude.

– Bien entendu, opine Luce.

Pendant que Claude se met au travail, Luce enchaîne les prises de vue. Le bûcheron tente de ne pas se laisser distraire par le son de l'appareil photo, mais on sait tous l'effet que ça fait de se savoir la cible d'un photographe. Moi qui n'ai pas l'œil derrière l'appareil, je vois bien les petits regards qu'il jette vers Luce. Au bout d'un moment, il lui demande :

– Alors, dis-moi, c'est pour quoi toutes ces photos ? Tu fais partie du journal de ton école et ils t'ont demandé de faire un reportage sur les pépiniéristes ?

– Le journal de mon école ? Je ne sais même pas s'il y en a un ! Non, j'aime juste prendre des photos, et dans cette lumière de début de journée, je me suis dit que c'était le bon moment pour m'entraîner à bien gérer mes ombres.

– Tes ombres ?

– Oui, un ami m'a rappelé récemment que l'atmosphère d'une photo tenait autant de la lumière que des ombres.

– Comme dans la vie… non ?

Je ne perçois pas l'expression de Luce, toujours cachée derrière son appareil photo, mais le visage de Claude semble tout à coup très sérieux. Un changement d'attitude qui n'a pas échappé à notre photographe en herbe, dont l'appareil photo émet un léger clic sonore. Lorsque Claude relève les yeux et croise ceux de Luce, un dialogue silencieux s'installe et je me sens de trop. Soudain, le sapin tombe entre eux dans un bruit sourd, les faisant sursauter avant de rire aux éclats.

– Et de un ! s'exclame alors Claude en ramassant ses outils.

Quand il se dirige vers le sapin sélectionné par Laurence, Luce le laisse continuer son travail et se met à déambuler dans les allées. Je la suis à bonne distance. Arrivée en bordure de la pépinière, elle repère un sapin qui semble seul, un peu à l'écart. Ses branches sont piquetées de gouttes de rosée. La lumière basse et douce du soleil de ce début de matinée vient se refléter dans chaque goutte, illuminant le sapin comme si une guirlande y était installée. L'effet est d'autant plus saisissant, capturé sur la pellicule de Luce. En visionnant les photos prises, Luce paraît vraiment satisfaite, pour une fois. L'une d'elles est particulièrement réussie. On y voit ce sapin, seul dans un rayon de soleil, les ombres alentour. Le contraste est saisissant. Luce intègre sa photo au SMS qu'elle écrit.

Jour 7 ! Le solitaire de lumière…

Imprégnée du calme environnant, Luce sursaute lorsque le craquement du second sapin coupé nous parvient. Elle range alors son appareil photo dans son sac, je descends de mon arbre et nous retournons vers le cabanon pour y retrouver sa mère et Laurence. Nous les trouvons toutes deux à rire autour d'une tasse de café.

– Ah, Luce ! Tu veux du café à la noisette ? Il est vraiment excellent ! dit sa mère lorsqu'elle la voit arriver.

– Non merci, c'est gentil. Alors, vous…

Luce est interrompue par son portable qui se met à chanter dans toute la boutique. Voyant le nom de Zoé apparaître sur l'écran, elle décroche.

– C'est Zoé, je reviens !

– Oh ! dis-lui que nous avons hâte de la rencontrer !

– Bonjour, Mme Langlet ! résonne la voix de Zoé dans le téléphone.

– Elle ne t'entend pas, je suis sortie. Ça va ?

– Oui, et toi ? Désolée, j'ai pas eu le temps de te rappeler. Entre les examens et le boulot, j'ai pas eu une minute à moi. Et ma mère a voulu qu'on Facetime, hier, ça m'a bouffé la soirée… Mais je ne commence qu'à 9 h 30 aujourd'hui, donc j'ai encore un peu de temps pour que tu me racontes ! Hiii ! merci pour la photo. Bon, j'avoue, il est moins bien que le portrait photoshopé que je t'ai envoyé, mais…

– Arrête, elle était immonde, cette photo !

– Pfff, elle était PAR-FAI-TE, rétorque Zoé. Mais je t'accorde que sur la tienne, ton Noah…

– Ce n'est pas mon Noah, murmure Luce.

– … a quelque chose dans le regard. Je ne sais pas ce qu'il regardait au moment où tu as pris la photo, mais je peux te dire qu'il aimait ce qu'il voyait !

– Euh…

– Non, ne me dis pas qu'il te regardait toi ?

Luce raconte alors tout son après-midi avec Noah. Quand elle tente d'omettre certains détails, Zoé la perspicace lui pose les questions qui forcent Luce à TOUT lui raconter.

– Attends, tu veux dire que le gars te fait danser sous un kiosque au premier rendez-vous ?

– C'était pas un rendez-vous.

– C'est ça, oui. Il t'a donné un lieu et un horaire pour le retrouver. Je ne sais pas comment tu appelles ça, mais moi j'appelle ça un rendez-vous ! Oh là là ! mais c'est un film de Noël, ton histoire. J'y crois pas.

– Oh non ! dans les films, ils ne dansent pas comme ça, *trust me* ! Nos mouvements dans tous les sens n'avaient rien d'harmonieux, rit Luce en repensant à ce moment.

– Oui, bon, c'est un détail, on s'en fout. Roh là là… J'ai tellement hâte de vous rejoindre pour voir tout ça de mes propres yeux. Une romance de Noël. C'est trop bien. En parlant de romance de Noël… que j'ai vue de mes propres yeux, celle-ci ! Figure-toi que j'ai croisé Jack sur les quais l'autre jour, et il n'était pas seul pour une fois ! dit Zoé avec une voix d'intrigante.

Hmmm… elle cherche quoi, là, Zoé ? Un nouvel indice pour notre enquête sur les sentiments de Luce ? Ou bien une bonne raison de pousser Luce dans les bras de Noah ?

– Ah bon ? s'étonne Luce, qui commence à jouer avec sa mèche rebelle.

– Oui ! Elle était plutôt pas mal d'ailleurs, grande, avec des boucles brunes dont rêvent toutes les filles qui ont des spaghettis sur la tête.

– Arrête, tes cheveux sont super, et t'arrives à les dompter à la perfection.

– Encore heureux que j'arrive à les dompter, mes spaghettis !

– Bon, mais il ne t'a pas dit qui c'était ?

– Ils semblaient si cosy à rire ensemble, j'ai pas voulu les interrompre ; je me suis contentée de les observer de loin. Bon, faut que je te laisse, je viens d'arriver au boulot. Hâte d'en avoir fini avec toutes ces corvées. *Kiss* !

Plus légère que le vent, Zoé a raccroché, clouant Luce sur place. Pas si solitaire que ça, son « solitaire de lumière ». Et peut-être qu'elle ne veut pas se l'admettre, mais je vois bien que cette nouvelle la perturbe plus qu'elle ne l'aurait souhaité.

Rapidement, elle ne peut résister à l'envie de retrouver la chaleur du cabanon et retourne auprès de sa mère et son amie. À peine entrée, alors qu'elle souffle dans ses mains gelées, sa mère lui demande :

– Toujours pas envie d'une boisson chaude ?

– Oh, allez ! pourquoi pas, finalement.

– Monique, elle a changé d'avis, tu peux apporter une troisième tasse, crie Laurence en direction de l'arrière-cuisine.

En fin de matinée, les trois femmes reprennent la route, deux sapins bien ficelés sur le toit de la voiture.

Elles s'arrêtent d'abord chez Laurence. Luce aide sa mère et son amie à porter le sapin jusque dans le salon. De mon côté, je m'amuse à me prendre pour une reine, montée en amazone sur l'arbre. Depuis la cuisine, Martin, le mari de Laurence, invite aussitôt Luce et Mélodie à partager leur repas.

– Installez-vous donc sur le canapé le temps que je finisse de préparer tout ça. Je suis sûr que vous avez encore plein de choses à vous raconter ! Ce sera prêt dans un petit quart d'heure.

Luce oriente la conversation sur les travaux à l'étage, dont elle n'a pas eu de nouvelles depuis un moment.

– Oh, mais ils sont finis ! répond aussitôt Laurence. N'hésite pas à aller voir, Martin est particulièrement fier de la salle télé que nous avons aménagée. Enlève juste tes chaussures avant de monter, s'il te plaît.

Ni une, ni deux, Luce attrape son appareil photo dans son sac et s'avance dans l'escalier. Curieuse, Luce jette des coups d'œil dans plusieurs pièces avant de découvrir la fameuse salle télé. Elle porte son argentique à son œil et prend un cliché avant d'entrer dans la pièce. Ses yeux parcourent les étagères de DVD pendant que ses doigts se baladent sur les dossiers en cuir des fauteuils. Soudain, son regard semble hypnotisé. Intriguée, je me tourne vers l'objet qui a attiré son attention et me retrouve aussitôt plongée dans l'un de ses souvenirs.

– Jack ?

Oui, il n'y a aucun doute, c'est bien Jack, assis à cette table de terrasse, en train d'essuyer les moustaches de glace au chocolat de l'enfant à côté de lui. Il a entendu Luce, mais ne semble pas savoir s'il veut qu'elle le découvre en compagnie de ce petit garçon. Il finit par se tourner malgré tout vers elle, un sourire gêné aux lèvres.

– Luce ? Qu'est-ce que tu fais là ?

– Je profite du beau temps, répond Luce en lui montrant l'appareil photo dans sa main.

L'enfant profite de l'inattention de Jack pour lui piquer de la glace et rebarbouiller sa bouche qui venait d'être nettoyée. Ce geste n'a pas échappé à Luce qui se met à rire en demandant :

– Et qui est ce petit voleur de glace ?

– Hey ! C'est ma glace, ça ! s'exclame Jack.

– Mais t'es trop lent ! Ça fond. Je t'aide, c'est tout, rétorque l'enfant en souriant de toutes ses moustaches à la pistache.

Puis, se tournant vers Luce, il déclare :

– Je m'appelle Jean-Baptiste, et toi, tu es qui ? La petite-amie de Jack ?

Jack n'ose pas regarder Luce. Il reste concentré sur Jean-Baptiste et le réprimande.

– Non, mais c'est quoi cette question ?

– Ben quoi ? Elle est jolie !

– Oui, très jolie, mais ça n'a rien à voir. Luce est une amie.

– OK.

Luce, qui s'est approchée de leur table, ajoute :

– J'ai rencontré Jack en début d'année. Il m'aide à m'améliorer en photo.

– Ah. Moi il m'aide à Minecraft. Et je le connais depuis plus d'un an !

– Haha, chanceux ! lui souffle Luce avec un clin d'œil, charmant aussitôt le petit garçon qui se met à lui sourire franchement.

– Tu veux venir avec nous à l'Escape Game ? demande soudain Jean-Baptiste.

– Je suis sûr que Luce a d'autres choses à faire, voyons, répond Jack, tout en jetant un regard hésitant vers Luce.

– Un Escape Game ? s'exclame Luce. J'adore les Escape Game !

– Génial ! Allez Jack, on finit ta glace. Vite ! s'écrie Jean-Baptiste en plongeant une nouvelle fois sa cuillère dans la coupe.

Quelques minutes plus tard, Luce se retrouve affublée d'un chapeau de pirate, embarquée dans une histoire de trésor perdu au beau milieu des Sept Mers ! Le mystère ne semble pourtant pas passionner Jack et Luce, trop occupés à discuter sans vraiment prêter attention à Jean-Baptiste.

– Je ne t'aurais jamais imaginé baby-sitter. Tu fais ça souvent ? demande Luce.

– Non, pas vraiment. Je dépanne juste mes voisins en cas de besoin. Et puis, ça va, JB est plutôt cool comme gamin.

– Oui, on voit qu'il t'aime bien. Ton charme naturel a encore frappé, rigole Luce.

– Mon charme naturel ?

– Je pensais qu'il ne fonctionnait que sur les petites mamies qui se retournent toujours sur ton passage, mais apparemment, les enfants aussi y sont sensibles !

– Les petites mamies ? Ah ben, moi qui commençais à désespérer, me voilà rassuré. Il suffit que j'attende d'avoir des cheveux blancs et je serai un vrai Don Juan, c'est ça ?

Luce pouffe de rire lorsque Jean-Baptiste s'exclame, soudain :

– Venez voir, j'ai trouvé le trésor !

– Luce ! Le déjeuner est prêt !

Revenant à elle-même, Luce détache ses yeux du chapeau de pirate qui décore l'étagère de DVD. Elle prend rapidement une photo avant de redescendre. L'évocation de ce souvenir l'a mise de très bonne humeur.

Après avoir partagé ce déjeuner chaleureux avec Laurence et Martin, Luce et Mélodie se retrouvent à nouveau toutes les deux, en route vers la maison. Enfin, sans me compter, bien sûr, après tout, je ne suis qu'une passagère clandestine.

– Je ne t'ai pas demandé tout à l'heure, mais Zoé va bien ?

– Oui, ça va. Elle court un peu entre ses exams et son boulot, mais c'est Zoé. Il faut toujours qu'elle soit débordée. Du coup, elle passe ses quelques instants de liberté avec moi au téléphone. Elle a hâte de nous rejoindre, d'ailleurs ! Je lui ai promis une vraie expérience de Noël en bonne et due forme ; la totale !

– Moi aussi, j'ai vraiment hâte de la rencontrer, cette Zoé. C'est tellement chouette que vous vous soyez trouvées toutes les deux, et étonnant en même temps.

– Comment ça, étonnant ?

– Vous êtes si différentes ! Tu la décris si extravertie, et toi, tu es si…

– L'amitié ne s'arrête pas à ce genre d'obstacle, tu le sais bien ! Regarde, toi et Laurence !

– Oui, c'est vrai. Mais on se rejoint sur tant de choses ! En faisant la connaissance de ton amie, je trouverai sans doute vos points communs !

– *Wait and see !*

Alors que la voiture tourne dans leur rue, le regard de Luce s'arrête sur une silhouette qui lui paraît familière. Tu l'as croisée deux fois déjà, Luce, tu t'en souviens ? Une fois dans le train, et l'autre sur le palier de la maison de Noah !

Mélodie a perçu l'intérêt de sa fille.

– Tu la connais ?

– Je crois, oui, mais je ne sais plus d'où.

– Elle a l'air un peu perdue, en tout cas.

– Perdue… Mais oui, c'est ça ! Elle est nouvelle. Je l'ai vue avec Noah !

– Noah ?

– Oui, tu sais, le garçon dont je vous ai parlé l'autre jour. Sa famille a emménagé dans le château de la bête.

– Ah ! oui. Va donc voir si tu ne peux pas la renseigner, alors. Ne t'inquiète pas, je m'en sortirai pour descendre le sapin.

Mélodie arrête la voiture. Luce saute sur le trottoir et rejoint rapidement la jeune fille qui semblait essayer de lire les noms sur les boîtes aux lettres des maisons voisines.

– Bonjour, dit Luce, la faisant sursauter.

– Ce n'est pas ce que tu crois, je t'assure ! s'exclame la jeune fille comme pour se défendre d'un quelconque délit.

– Ha, ha ! pas de soucis. Tu es nouvelle en ville, n'est-ce pas ?

– Oui, c'est ça, dit-elle, aussitôt soulagée. Et mon imbécile de frère m'a envoyée porter une lettre, mais en se trompant dans le numéro de la maison ! Enfin… j'espère que ce n'est pas toute l'adresse, qui est fausse !

– Comment as-tu remarqué qu'il s'était trompé ?

– Je dois la remettre en mains propres. C'est qu'il a ses exigences, en plus, cet idiot.

– Je connais bien mes voisins, je devrais pouvoir t'aider, tu dois la remettre à qui ?

– À Luce Langlet.

– Pardon ?!

– Tu la connais ?

– Ha, ha ! oui, c'est moi !

– Oh, super ! Attends, j'avais un discours à te faire en te remettant la lettre.

La jeune fille s'éclaircit la gorge et réajuste sa posture avant de déclamer.

– Mademoiselle Luce. Je me nomme Marianne et je viens vous remettre ce pli de la part de mon frère, Noah, que j'ai involontairement traité d'imbécile… Celui-ci vous prie d'en prendre connaissance à l'instant et de m'indiquer votre réponse.

Elle tend une grande enveloppe avec le nom de Luce écrit en lettres capitales dessus.

Ma protégée la récupère, bien amusée de toute cette mise en scène et du sérieux qu'arrive à conserver Marianne face à elle.

Elle ouvre l'enveloppe, j'en profite pour me pencher au-dessus de son épaule.

Ma chère guide,

Votre proposition de petit jeu lors de notre tour des meilleurs coins du village me laisse penser que vous appréciez comme moi les jeux et les défis. Je vous invite donc à mon tour dans une chasse au trésor qui vous mènera, si vous l'acceptez, à notre lieu de rendez-vous. Vous récolterez au fil de l'eau quelques indices pour vous équiper.

C'est quoi, cette histoire ? Je continue à lire.

Vous n'en saurez pas plus tant que vous n'accepterez pas cette invitation… Mais avouez-le, ce côté ludique a piqué votre curiosité, je me trompe ? C'est peut-être une manière pour moi de forcer votre esprit curieux à l'accepter, ou d'essayer de gagner des points auprès de vous… Donnez votre réponse à Marianne. Je saurai ainsi si je dois vous attendre ou non. Si vous arrivez à notre point de rendez-vous en moins d'une heure, il se peut que je vous accorde une faveur.

À tout à l'heure, je l'espère !
Votre dévoué, Noah.

Luce lève des yeux arrondis vers Marianne.
– C'est qu'il ne manque pas de culot, ton frère !

– À qui le dis-tu ! répond Marianne en roulant des yeux avant de reprendre sa posture et de déclarer : Quelle sera votre réponse, mademoiselle ?

Luce se prend au jeu et réplique sur le même ton que la jeune fille, mais en riant sous cape :

– Vous pouvez dire à votre frère que j'accepte ! Mais si tu pouvais me donner un petit quart d'heure de marge, histoire que j'aide quand même ma mère à rentrer le sapin géant qu'on vient d'acheter, ce serait cool.

– Deal ! répond Marianne en lui faisant un clin d'œil. Je vais attendre un quart d'heure avant de lui envoyer le message. Vous avez besoin d'aide, avec le sapin ?

– Avec joie ! répond Luce en l'entraînant vers la porte d'entrée par laquelle Mélodie tente de faire passer le gros sapin ficelé.

Chapitre 8

Snowmance

Un quart d'heure plus tard, une fois seule, Luce ouvre la petite enveloppe qui accompagnait la lettre.

À l'intérieur, elle y trouve une énigme :

Bouchez votre nez, votre premier indice se trouve auprès de Françoise G.

– Bouchez votre nez ? murmure Luce. Je ne connais même pas de Françoise !

Ce garçon a de la ressource, je dois l'admettre. En quelques jours, il a déjà réussi à découvrir le prénom de quelqu'un qui ne dit rien à Luce, elle qui connaît pourtant tous les habitants du coin. Réfléchissons. Un lieu à l'odeur forte. Tenu par quelqu'un. Mes souvenirs de ces derniers jours me renvoient l'image de

Luce prenant une grande bouffée d'air et déclarant à Noah : « J'ai juste du mal avec l'odeur de poussière. » Françoise G. Madame Gilles, bien sûr !

Luce semble avoir suivi le même chemin de pensée car elle se met soudain en marche d'un pas bien assuré. Arrivée face à la boutique d'antiquités, Luce respire un bon coup puis pousse la porte d'entrée. Madame Gilles, tout sourire, se tient derrière le comptoir, comme à son habitude.

– Bonjour, Luce, je t'attendais !

– Bonjour, madame Gilles. Vous vous appelez donc Françoise ?

– Oui ! Tout à fait ! Ton jeune ami est un petit drôle. Il m'a demandé de te remettre ceci, dit-elle en lui tendant un paquet et une enveloppe. Comme c'est excitant de faire partie d'une chasse au trésor ! Je suis bien contente qu'il ait pensé à moi !

– Merci, madame Gilles, répond Luce en riant doucement face à la joie enfantine de l'antiquaire. Noah est en effet bien… étonnant ! Belle fin de journée !

L'air frais du dehors aussitôt retrouvé, Luce ouvre rapidement le paquet. Elle y trouve une grosse paire de chaussettes moelleuses. Des chaussettes ? Pour un premier indice, ce n'est pas très clair ! Mais je suppose qu'on peut oublier le rendez-vous au cinéma…

Luce ouvre ensuite l'enveloppe et je retourne à mon perchoir, sur son épaule.

Bravo ! Vous avez réussi la première étape et retrouvé notre chère Françoise. J'espère que mon premier indice est à votre goût. Il vous sera utile pour notre rendez-vous. Eh non, je ne vous invite pas au restaurant, du moins, pas aujourd'hui…

Voici votre deuxième énigme :

Le sac s'y alourdit, mais le porte-monnaie s'y allège. Entre les maillots de bain et les chaussures de marche, au milieu du rose, vous trouverez un indice.

Bon, la première phrase est assez simple à décrypter d'après moi : il s'agit d'une boutique, à n'en pas douter. Mais pour le reste… il m'a un peu perdue ! On peut acheter des maillots de bain ou des chaussures de marche un peu partout (bon, pas en librairie, OK !), mais c'est quoi ce « rose » ?

Au milieu du rose…

Toute à mes pensées, je ne m'aperçois pas tout de suite que Luce est déjà repartie. Je la retrouve à l'angle de la rue. Je suis sûre qu'elle vise d'arriver en moins d'une heure au rendez-vous afin d'avoir la récompense. Je la suis en essayant de ne plus me laisser distraire. Bientôt, nous arrivons devant la devanture de *Sport Attitude.* Elle y entre d'un pas assuré. Je comprends son raisonnement pour les maillots de bain et les chaussures de marche, mais le rose ?

Elle parcourt les allées, passe celle qui indique « randonnée ». Les maillots de bain se trouvent trois allées plus loin. Elle lève rapidement les yeux vers les panneaux indicateurs en début de rayon et sourit lorsqu'elle aperçoit le rayon « danse ». Elle s'y engouffre et cherche, au milieu des articles majoritairement roses, ce qui pourrait ressembler à un indice. Elle trouve enfin, au milieu des pointes, une petite enveloppe blanche avec son nom dessus.

Bien joué ! Mais vous vous en doutez, cette enveloppe n'est qu'une première étape vers la récupération de votre deuxième indice.

Le seul rayon qui me faisait penser à vous était celui-ci… Jamais je n'oublierai la drôle de tête que vous avez faite lorsque je vous ai invitée à danser avec moi l'autre jour, ni même ce rire si honnête qui vous est venu. Je me devais donc de vous faire faire ce détour pour vous remémorer ce doux moment. Ne rougissez pas, voyons !

Ha, ha ! il a déjà repéré le point faible de Luce…

Pour récupérer votre deuxième indice, prenez un des articles du bac dans lequel vous avez trouvé cette enveloppe et rendez-vous à l'accueil pour l'échanger.

Luce, les joues en feu mais un sourire éclatant sur les lèvres, attrape une paire de pointes et se rend rapidement à l'accueil, où il n'y a heureusement personne à part l'hôtesse.

– Bonjour, madame. Je viens vous échanger ceci, dit Luce sans perdre une minute.

– Bonjour. Bien sûr, vous avez le ticket de caisse ?

– Euh, non, je ne l'ai pas acheté, je viens juste l'échanger. En fait, c'est un ami qui m'a lancée dans une sorte de chasse au trésor. Et…

Je vois Luce hésiter à montrer le papier qu'elle tient dans la main. Ses joues encore bien roses m'indiquent qu'elle ne souhaite pas vraiment partager les mots de Noah avec cette étrangère.

– Et… il m'a juste écrit de prendre ces pointes pour les échanger ici, mais je ne les ai pas…

– Ah, attendez !

L'hôtesse se retourne pour fouiller dans les papiers derrière elle. Luce trépigne d'impatience mais ne dit rien.

– Pouvez-vous me donner votre nom ?

– Luce. Luce Langlet.

– C'est bien cela. Attendez un instant, je reviens.

Au comble de l'impatience, nous voyons l'hôtesse partir dans la réserve. Au bout d'un temps qui paraît infini, Luce souffle de soulagement : la jeune femme revient avec un lot de coudières et de genouillères dans les mains, très simplement entouré d'un gros nœud rouge.

– Voici pour vous. Bonne journée !

Je ris intérieurement de ce deuxième indice. Ce Noah est décidément bien intrigant. Alors qu'il se montre romantique sur le papier, ses indices montrent tout le contraire ! Pour un rendez-vous galant, vous vous attendez à recevoir la robe de vos rêves, un bouquet magnifique, des bijoux qui vous feront resplendir comme la reine du bal… Qui a déjà été embellie par des genouillères ? On se le demande !

Alors que Luce est sur le point de ressortir, encore un peu déboussolée par ce deuxième indice, la jeune femme de l'accueil accourt vers elle.

– Mademoiselle ! J'ai failli oublier, pardon. Je dois également vous remettre ceci.

Luce lui sourit en récupérant l'enveloppe qu'elle lui tend.

– Merci.

Une fois dehors, elle fourre les protections dans son sac et déchire l'enveloppe pour en lire le contenu.

Je vous ai bien dit que je ne vous invitais pas au restaurant… ce deuxième indice devrait commencer à vous mettre la puce à l'oreille sur l'endroit où nous nous retrouverons.

Mais une dernière énigme est à résoudre avant…

Dans ce lieu éphémère, vous pouvez croiser d'étranges personnages, et notamment un bonhomme rouge à la barbe blanche. C'est aussi là que vous pouvez déguster vin chaud et biscuits à la cannelle. Mais c'est surtout le rendez-vous de tous les artisans. Celui qui vous intéresse s'appelle Joseph. Vous le reconnaîtrez grâce à l'arbre racine. Dites-lui que vous venez de la part de Robin des Bois.

Et c'est reparti pour un tour ! Bon, cette fois… la destination paraît évidente. C'est le marché de Noël, bien sûr ! Celui-ci est installé chaque année dans le parc du Vieux-Pont, transformé pour l'occasion en véritable petit village de Noël. Les cabanons, magnifiquement décorés de lumières et de guirlandes, invitent les passants à ne pas regarder à la dépense. Tout y est si merveilleusement beau, savoureux, élégant. De quoi faire de jolis cadeaux à toute la famille, aux amis, et même aux voisins si l'on veut !

Arrivée à l'entrée du parc, Luce se retrouve aussitôt plongée dans une foule marchant à une allure bien plus lente qu'elle. Si elle veut avoir son bonus, il ne lui reste plus qu'un petit quart d'heure, et elle ne sait toujours pas où retrouver Noah ! Les yeux rivés sur les symboles qui ornent les enseignes des artisans, elle se faufile comme elle peut entre les passants, en évitant tout de même de renverser les vins chauds, chocolats ou autres boissons dans leurs mains. Après au moins cinq minutes de recherches infructueuses, ses yeux tombent enfin sur « l'arbre racine », un arbre sculpté la tête en bas. Belle métaphore, Noah. Luce sourit et se précipite vers le cabanon.

Elle arrive à se trouver une place parmi les acheteurs agglutinés là. Elle découvre une table remplie de petits objets en bois sculptés. Luce parvient enfin à attirer l'attention d'une des deux personnes derrière la table.

– Bonjour, je souhaite parler à Joseph.

– C'est moi. Si vous connaissez mon prénom, c'est que vous êtes envoyée par quelqu'un, je me trompe ?

– Oui, c'est bien ça. C'est… Robin qui m'envoie, dit-elle soudain peu à l'aise à l'idée de clamer devant toutes les personnes ici présentes le nom d'un héros légendaire.

– Robin ?

C'est qu'il insiste, et qu'il paraît s'en amuser, celui-là ! Ça ne m'étonnerait pas que la demande vienne de Noah lui-même.

– Oui. Robin des Bois ! souffle alors Luce qui perd le peu de patience qui lui reste.

Quelques têtes se tournent vers elle, mais l'important n'est pas là : Joseph vient de lui tendre un joli paquet cadeau et une enveloppe.

– Merci, Marianne, car grâce à vous, j'ai pu rencontrer Robin des Bois ! Et si vous voulez mon avis, c'est une personne comme on en rencontre peu, dit-il avec un clin d'œil.

Le visage de Luce, qui avait alors retrouvé sa teinte naturelle, redevient écrevisse. Décidément, ça devient presque une maladie !

– Euh, merci, mais Marianne, c'est sa sœur. Je suis juste Luce.

– Si vous le dites, répond Joseph avant d'être à nouveau accaparé par un client.

Luce s'éloigne de la foule tout en commençant à ouvrir le paquet. Elle en sort un flocon en bois à accrocher dans le sapin. Je ne peux que m'émerveiller de la finesse du travail de cet artisan. Non seulement la forme du flocon est élégante et pleine de détails, mais en plus de cela, il a inséré au centre un détail qui se fond complètement dans le reste : une paire de patins à glace. Voilà donc le dernier indice. Les yeux de Luce se mettent à pétiller de joie. Elle s'empresse maintenant d'ouvrir l'enveloppe, tout en dirigeant ses pas vers la patinoire installée pour la saison à l'autre bout du parc.

Ma chère Luce,

Vous voici désormais en possession de tous les indices, et je suis sûr que vous avez déjà compris où je vous donne rendez-vous. Vous trouverez votre ticket dans cette enveloppe. Je vous attends au milieu de la piste… en espérant ne pas attendre trop longtemps !

Votre Noah.

Sans même prendre la peine de ranger l'enveloppe ni son dernier cadeau, Luce file comme l'éclair entre les chalets, traverse le pont en s'excusant auprès des passants au milieu desquels elle se faufile telle une anguille, et arrive trois minutes plus tard en vue de la patinoire. En reprenant son souffle, elle se dirige vers le stand où sont accrochées toutes les paires de patins à glace. Elle tend son ticket à la jeune femme souriante qui lui demande sa pointure.

Enfin en possession de ses patins, elle s'installe sur un banc, farfouille dans son sac et en sort les grosses chaussettes. Mais quand ses mains tombent sur les protections, elle a un temps d'arrêt. Oui, c'est sûr, elle ne va pas vraiment en avoir besoin !

Si Noah savait… Elle se débrouille parfaitement bien sur des patins, ma Luce ! Quand on a un oncle passionné de patinage qui refuse que ses neveux et nièces ne connaissent pas les plaisirs de cette activité… forcément, on a quelques bases ! Malgré tout, Luce sort les protections de son sac, un petit sourire malicieux sur les lèvres.

Debout sur les lames, elle avance vers la glace en prenant soin de paraître un peu gauche sur ses patins. Si elle échoue à faire carrière dans la traduction ou dans la photographie, elle pourra toujours se reconvertir en actrice !

Fidèle à sa parole, Noah se tient effectivement en plein centre de la piste. Je ne sais pas depuis combien de temps il est là, mais les patineurs autour de lui semblent s'être habitués à cet obstacle au milieu de la glace. Lorsqu'il aperçoit Luce, un immense sourire vient éclairer son visage et il se fraie rapidement un chemin jusqu'à l'entrée pour accueillir son amie, et sûrement l'aider à faire ses premiers pas sur la glace ! Quel chevalier servant…

– Tu es là ! se réjoint Noah, une pointe d'étonnement dans la voix.

Ce naturel si confiant cacherait-il donc un cœur plein de doutes ?

– Je suis là ! répond Luce en lâchant la rambarde qu'elle agrippait jusqu'alors. Woh ! s'écrit-elle aussitôt en faisant semblant de perdre l'équilibre, ses bras effectuant des moulinets dans l'air.

Bon, je reviens sur ce que j'ai dit… son jeu d'actrice n'est peut-être pas si naturel. Mais ça semble pourtant bien fonctionner avec Noah, qui se précipite pour lui offrir un nouvel appui et l'aider à rétablir son équilibre.

Mon premier souvenir sur la glace est encore vivace. Contrairement à Luce, je n'ai appris à patiner que sur le tard. Encombrée par mon corps d'adulte, je me souviens des peurs irrationnelles qui ont accompagné ma première expérience. Mais une fois les premiers pas hésitants passés, les doutes réprimés et la vitesse acceptée, patiner m'a procuré une sensation de liberté que je n'oublierai jamais. Je me laisse glisser sur la glace mais c'est la nostalgie qui m'étreint aujourd'hui. Mieux vaut me concentrer sur Luce et Noah…

– Tu doutais que j'arrive à résoudre tes énigmes ? Aurais-tu donc si peu confiance en mon incroyable intelligence ? s'enquiert Luce avec une étonnante assurance.

Oui, c'est cela… il a douté de tes capacités intellectuelles… Je crois que nous n'avons pas la même interprétation de la situation, Luce !

– Loin de moi l'idée de remettre en question ton intelligence, voyons ! Je suis juste heureux que tu sois là, assure-t-il sans lâcher son bras.

– Et en moins d'une heure ! lance Luce fièrement.

– C'est vrai ! répond Noah avec un sourire franc. Mission accomplie !

Une main fermement accrochée à la rambarde, et l'autre ne lâchant pas Noah, Luce fait lentement glisser ses pieds sur la glace.

– Je suis content de voir que les protections vont t'être utiles. J'avoue que j'ai eu un petit doute pour cet indice-là… dit Noah en se plaçant face à elle et en lui tendant sa deuxième main pour qu'elle lâche la rambarde.

Luce le regarde en arborant son plus faux sourire gêné et dépose sa seconde main dans la sienne en jouant toujours plus le manque d'assurance. Survolant la glace à côté d'eux, je m'amuse énormément du petit tour que Luce est en train de jouer à Noah.

Noah, très à l'aise pour patiner en arrière, entraîne Luce toujours plus en avant sur la glace.

– Surtout tu me dis si je commence à foncer dans quelqu'un, OK ?

– C'est une technique pour que je regarde devant moi et non mes pieds ? demande Luce.

– On peut dire ça, répond Noah, qui semble beaucoup s'amuser de voir Luce ainsi…

S'il savait, le pauvre, je ne suis pas sûr qu'il soit celui qui s'amuse le plus !

– N'oublie pas de lever les pieds de temps en temps. Les débutants pensent souvent qu'il suffit de glisser pour s'en sortir, mais finalement, le patin, ce n'est pas si loin de la marche !

– Facile à dire pour toi, rétorque Luce. D'ailleurs, comment ça se fait que tu patines si bien ?

– Mes grands-parents. Tous les ans, pendant les vacances de février, ils nous emmenaient à la montagne. C'est là que ma sœur et moi avons appris à skier, mais aussi à patiner !

– Ils vous emmenaient ? Ils ne le font plus ?

– Ha, ha ! non ! L'adolescence est passée par là… les grands-parents ont été remplacés par les vacances entre amis…

– Hmmm… cela dit, c'est une bonne technique de drague , la patin, non ?

– Ah ! tu trouves ? Je n'avais pas remarqué… dit Noah en repliant soudainement les bras pour se rapprocher de Luce.

– Woh ! woh ! fait Luce, prétendant que ce geste trop brusque l'a déséquilibrée.

– Oups, pardon. Tu vois, je suis un très mauvais professeur !

– Tu dis ça pour que je te contredise ?

Noah hausse les épaules mais ne répond pas.

– On essaie de mettre un peu de vitesse ?

– Euh… pas tout de suite ? Je suis pas prête, là !

Je savais que Luce pouvait être obstinée, mais de là à continuer à jouer ce jeu si longtemps, j'avoue qu'elle m'impressionne !

– Mais si. Aie confiance, on va y aller tranquillement, lui assure Noah d'un ton charmeur.

Alors qu'ils commencent à prendre doucement de la vitesse, Luce resserre sa prise dans les mains de Noah.

Au bout de quelques tours de piste ainsi, Luce déclare, d'un air faussement fatigué :

– Petite pause ?

– Bien sûr ! On peut même s'arrêter complètement si tu veux.

Noah vient alors se positionner à côté d'elle et lui attrape la taille pour l'entraîner vers la sortie, tranquillement. Alors qu'ils arrivent vers la rambarde, Luce lâche enfin la main de Noah, mais au lieu d'attraper le bord de la patinoire, elle se retourne élégamment vers lui et s'éloigne, désormais bien assurée sur ses patins. Un immense sourire sur les lèvres, fière de sa blague, elle envoie un petit signe de la main à Noah, estomaqué. Oh ! si elle avait pu avoir son appareil photo dans les mains à ce moment-là ! Noah fait une de ces têtes ! Luce enregistre cette vision puis se retourne et file sur la glace, laissant ses jambes se défouler et la vitesse emporter son rire. Noah, sorti de son étonnement, finit par se lancer à sa poursuite.

– Alors toi ! Tu ne perds rien pour attendre !

Luce rit de bon cœur sans décélérer, essayant au contraire de distancer le jeune homme qui se rapproche d'elle. Celui-ci finit par arriver à sa hauteur et lui attrape de nouveau la taille, mais avec un peu plus d'ardeur cette fois. Ils se mettent alors à tournoyer ensemble en rigolant.

– Pas si utiles que ça, ces protections, hein ? finit par dire Noah.

– Pardon, je n'ai pas pu résister en voyant que tu avais tout de suite pensé que j'en aurais besoin.

– Ça m'apprendra à douter de tes capacités !

Luce lui sourit franchement.

– Et si on profitait un peu de la glace à vitesse plus rapide ?

Noah se remet à patiner sans attendre et lui lance :

– Attrape-moi si tu peux !

Luce se lance à sa poursuite, et les voilà tous deux à pleine vitesse, l'un dépassant toujours l'autre sans jamais prendre l'avantage très longtemps.

Après un bon moment à patiner ainsi, ils se rejoignent et, d'un commun accord, se dirigent vers la sortie.

– Ça faisait bien longtemps que je ne m'étais pas amusée comme ça sur des patins ! Merci pour ce bon moment ! s'exclame Luce alors qu'ils enlèvent tout leur attirail.

– Oh ! mais j'espère faire durer encore un peu ce bon moment… Je te dois toujours une surprise, ne l'oublie pas !

– J'ai eu peur de perdre ce droit avec ma blague, mais je suis contente de voir que ce n'est pas le cas !

Une fois leurs patins rendus et leurs sacs retrouvés, Noah l'emmène un peu à l'écart, dans un coin du parc plus isolé de la foule. Ils s'assoient dans l'herbe, en face l'un de l'autre. Quant à moi, je m'installe tranquillement sur la branche d'un chêne qui les surplombe. Noah sort de son sac à dos une boîte Tupperware entourée d'un ruban rouge.

– Et voilà pour la récompense !

– Ah ! Heureuse de voir que tu n'avais pas trop douté de mes capacités à arriver à temps !

– Ça rattrape un peu ma bourde sur des genouillères ?

Luce défait le nœud et ouvre le Tupperware. À l'intérieur se trouvent des petits biscuits ronds qui m'auraient certainement mis l'eau à la bouche si j'avais encore ce genre de sensation…

– Oh ! mais… c'est la recette de Marius ? dit Luce, ses yeux émerveillés tournés vers Noah.

– Oui ! Je voulais que tu sois la première à les goûter, toi qui connais bien ses gâteaux. Je me suis dit que tu saurais s'ils sont réussis !

– Hmm… tu veux donc que je devienne critique culinaire ? répond Luce.

Noah hoche la tête, dans l'attente de sa réaction après dégustation.

Luce prend son rôle très au sérieux. Avec deux doigts, elle soulève délicatement un biscuit et le rapproche de ses yeux pour l'analyser de tous côtés.

– La texture m'a l'air correcte. Croustillante à souhait.

Luce, le biscuit toujours devant elle, ouvre son sac pour attraper quelque chose à l'intérieur. Je vois Noah tendu d'impatience.

– Mais qu'est-ce que…

– Tut tut ! J'ai besoin de voir ce biscuit sous un autre filtre, le coupe Luce en sortant son appareil photo pour prendre un cliché du florentin.

Une fois la photo prise, Luce repose le biscuit, indifférente au soupir de Noah, et attrape son appareil à deux mains pour visionner la photo.

– C'est vraiment… commence Noah.

Luce l'interrompt d'un geste, les yeux fixés sur l'écran de son appareil.

– Oui, cette couleur du sirop d'érable entre les amandes… c'est magnifique !

– Bon, je t'ai demandé d'être critique culinaire, pas critique d'art ! s'énerve gentiment Noah.

– J'y viens, j'y viens, répond très posément Luce, qui décidément, aime jouer les actrices !

Elle se décide enfin à croquer doucement dans le florentin. Cette première bouchée lui fait lâcher un « Hmmm ! » extasié qui remplit Noah de joie.

– Oh là là ! C'est trop bon ! s'enthousiasme Luce en sortant de son rôle et en engouffrant la fin du biscuit sans aucune délicatesse cette fois.

– Assez bon pour que je les fasse goûter à Marius ?

– Oh oui ! C'est sûr !

Noah prend à son tour un biscuit.

– Ce sont tes premiers florentins, ou tu as essayé plusieurs fois la recette avant d'arriver à ça ?

– Ça, je ne te le dirai pas ! rétorque Noah.

– En tout cas, je suis contente que tu aies réussi ! On va pouvoir retourner voir Marius, maintenant !

Luce n'aperçoit pas le sourire qui éclaire tout à coup le visage de Noah en entendant ce « on », mais rien ne m'échappe. Je connais bien le sentiment qui peut traverser ce jeune homme à cet instant, mais un doute m'étreint tout à coup. Plus je les regarde, plus je me demande si les sentiments évoluent à la même vitesse des deux côtés.

Chapitre 9

Love & Friendship

– Hé ! Le sapin, il est là, idiot !

– Oh pardon, avec ton pull, je t'assure, c'est pas facile de faire la différence ! répond Nicolas en pouffant de rire.

Assise en tailleur au pied, je profite de ce moment en famille pour m'imprégner de la joie ambiante. Ce soir, parents et enfants sont réunis dans le salon pour parer le sapin fraîchement installé de ses plus belles décorations. Du moins, trois d'entre eux s'y attellent avec soin, alors que le quatrième semble préférer égayer tout ce qui l'entoure, sauf le sapin ! Les décorations qu'il n'aime pas, il les cache dans ses poches, dans les tiroirs ou carrément sous les meubles ! Quant aux boules et autres bibelots qui lui paraissent potables, il s'amuse à en barioler le pull de sa sœur. En moins de quinze minutes, Luce rivalise de beauté avec le sapin !

C'est une tradition chez les Langlet de passer une soirée à s'affairer ensemble aux préparatifs de Noël. J'ai eu la chance d'y être invitée une fois, il y a cinq ans, j'en garde un excellent souvenir. Rien de tel pour entrer dans l'ambiance de Noël dès début décembre. L'an dernier, Luce n'avait pas pu y participer ; la joie de cette année en est donc décuplée. On a laissé les portables dans les chambres afin de pouvoir être entièrement présents les uns pour les autres. C'est toujours lors de cette soirée que sont dévoilées les envies de chacun pour le repas de Noël, mais également le rôle de chacun pour aider les parents. Après Vincent, qui annonce qu'il ouvrira les huîtres, Luce déclare qu'elle s'occupera de préparer les biscuits de Noël. Alors que Nicolas commence à blaguer sur les talents culinaires de sa sœur, la sonnette de la porte d'entrée retentit.

Luce, fuyant la pique de son frère, se lève précipitamment pour aller ouvrir la porte.

– C'est ça ! Cours ouvrir à ton petit ami ! lance alors Nicolas.

– Non, j'ouvre à la tienne ! répond Luce en découvrant une jeune fille derrière la porte entrouverte. Bonsoir ! dit-elle ensuite à celle-ci, tout sourire, ayant complètement oublié que son pull était couvert de boules de Noël.

– Euh, bonsoir, répond la jeune fille d'une voix gaie et amusée.

À l'autre bout du salon, Nicolas devient soudain très sérieux. Il se lève en trombe et file vers la porte d'entrée, ses chaussettes glissant sur le parquet.

– Je m'appelle Louise. Est-ce que Nicolas est…

– Ouiiii ! s'écrie Nicolas en percutant presque sa sœur dans un dérapage non contrôlé.

– Tu répondais pas à ton téléphone, désolée, mais j'étais obligée de passer. Ma tante arrive dans une heure et j'ai oublié son cadeau dans ton sac cet aprèm !

– Ah zut ! attends, entre, je vais le chercher, répond Nico d'une voix tendre, que Luce n'a jamais entendue jusqu'à présent.

Nicolas ne semble pas très à l'aise à l'idée de laisser Louise en compagnie de Luce, mais n'ayant pas le choix, il file dans les escaliers.

– Je m'appelle Luce, au fait !

– Oui, je me suis doutée que c'était toi. Nicolas m'a dit que tu étais arrivée la semaine dernière.

Avant que Luce ne puisse lui poser une question, Louise pointe son pull du doigt en disant :

– Intéressant !

– Ha, ha ! Une idée originale de mon frangin… bien sûr !

– Évidemment…

– Vous semblez être proches avec Nico, vous vous connaissez depuis longtemps ?

Louise lui répond tout simplement :

– Tout dépend de ce que tu entends par « longtemps ». On s'est rencontrés juste avant l'été, grâce à des amis communs. Mais il est dans la même classe que mon jumeau, cette année, c'est surtout ça qui nous a rapprochés je dirais.

– Hmmm, je vois. Je parie que tu aimes les vieux films, non ?

Louise fronce les sourcils devant cette question sortie de nulle part. Assise sur la rambarde des escaliers face à la porte, je m'amuse de l'audace de Luce. Avant que Louise puisse répondre, les pas de Nicolas se font entendre derrière moi.

– Tiens, le voilà ! dit-il en tendant un paquet joliment décoré à Louise tout en avançant pour rouvrir la porte. J'espère qu'il plaira à ta tante !

– Ah ! génial, merci beaucoup ! Je ne sais pas si ça lui plaira, mais au moins elle ne râlera pas toute la semaine en me traitant d'ingrate ! On se voit lundi ?

– Oui, parfait, répond Nico en lui souriant.

Alors que Louise est déjà en train de partir, elle se retourne pour glisser rapidement à Luce :

– Oui, beaucoup !

Sur ces mots, Nicolas finit de fermer la porte et Luce s'exclame alors :

– Ha ! Je le savais ! Ça ne pouvait pas sortir de nulle part, cette passion des vieux films, fanfaronne-t-elle à mi-voix, n'est-ce pas ?

– Oui, bon. Je te raconterai tout si tu veux, mais je comptais attendre Noël pour l'annoncer aux parents. Tu peux garder ça pour toi pour l'instant, s'il te plaît ?

Luce pose son doigt sur sa bouche en signe de connivence.

– Je suis trop contente pour toi, murmure Luce alors qu'ils se dirigent de nouveau vers le salon où leurs parents sont en grande conversation sur les oranges séchées qui ornent les branches. De retour près du sapin, je prends cette fois un peu de hauteur et me pose au sommet.

– C'était qui ? demande Mélodie.

– Une chorale de Noël, répond tout de suite Luce en faisant un clin d'œil à son frère.

Nicolas hoche la tête de désespoir face à l'absurdité de la réponse de sa sœur.

– Une chorale ? répète Mélodie.

– Non, rien, t'inquiète, Luce te fait une blague, dit alors Nicolas pour essayer de sauver la situation.

– Tiens, mais en vrai, pourquoi on n'a pas de chorales de Noël qui passent dans les rues pendant le mois de décembre en France ? C'est un grand classique des films de Noël américains pourtant ! lance Luce.

– Peut-être parce que les Américains sont fous ? rétorque son frère. Franchement, qui, sain d'esprit, voudrait se peler les miches dans le froid pendant des heures en chantant *Vive le vent* et *Mon beau sapin*, hein ?

« Ben, moi ! » dis-je en mêlant ma voix à celles de Luce et de Mélodie.

– J'ai dit « sain d'esprit » !

La main de Luce part tout de suite en direction du bras de Nicolas, mais celui-ci arrive à l'esquiver.

Finalement, ce petit intermède a réussi à détourner l'attention de Mélodie, qui commence alors à taquiner son fils, dont les goûts cinématographiques sont littéralement à l'opposé des siens. Quand elle évoque les meilleurs baisers sous la pluie, Nicolas attaque avec les meilleures scènes de guerre sous l'orage. Pendant cet échange, je vois Luce partir dans ses pensées, et je dérive avec elle dans nos souvenirs.

La pluie m'évoque le jour où j'ai découvert à quel point elle aimait prendre des photos sous l'orage. J'étais en retard pour le dîner avec ses parents et je l'ai croisée, patientant sur un banc à deux rues de chez elle, appareil photo autour du cou et capuche sur la tête. Elle regardait le ciel comme si elle attendait un signe. Je m'étais assise à côté d'elle, sans un bruit. Elle ne m'avait même pas remarquée. Puis, enfin…

– Élisa ? Tu m'as fait peur ! Qu'est-ce que tu fais là ?

– Je dîne avec tes parents ce soir, mais je suis un peu en retard… et toi ?

– Moi, j'attends l'orage.

– Tu attends l'orage ? j'ai dit d'un air blasé. Dehors, toute seule, assise sur un banc ?

Je lui ai alors touché le front de la main, comme si elle avait soudain pris un coup de chaud.

– Oui. Mais je ne suis pas seule, dit-elle avec un sourire en coin.

– Avant que j'arrive, tu étais clairement seule, ma petite !

– Nope, me dit-elle, en faisant un geste de la tête vers l'appareil photo pendu à son cou.

– Ha, je vois. La conversation devait être passionnante. Sérieux, ça t'arrive souvent de sortir en douce sous l'orage pour prendre des photos ?

– Ce sont les meilleurs moments ! Cette atmosphère, ces lumières du ciel, ce rideau de pluie. C'est comme si le ciel me fournissait des filtres naturels !

– Je vois. Enfin… c'est toi la pro de la photo, j'y connais rien, moi. Mais qu'est-ce que je vais dire à tes parents, hein ? Je ne peux pas te laisser attraper une pneumonie avec cette pluie qui arrive !

– Ne leur dis rien ! Je ne serai pas longue, promis ! me supplia-t-elle, en me regardant avec ses yeux de Chat potté.

Je n'ai jamais eu beaucoup de résistance avec Luce, et ce soir-là n'a pas fait exception.

Quittant mes propres souvenirs, je rejoins Luce dans les siens. Je ne suis pas étonnée d'y retrouver Jack. Forcément, parler de cinéma et d'orage ne peut que la ramener à sa rencontre avec Jack. Cette rencontre dont je fus le témoin, moi qui veillais déjà sur elle à ce moment-là.

Jack travaillait sur un tournage qui se déroulait dans une petite rue parisienne, près de la place Saint-Michel. Luce se promenait dans ce coin-là, capturant tous ces instants avant la pluie : les commerçants se hâtant de ranger les étals devant leurs boutiques, les passants levant les yeux au ciel et les quelques rêveurs qui, comme elle, semblaient attendre les premières gouttes avec impatience. C'est d'abord à travers l'objectif de son appareil qu'elle aperçut le lieu du tournage. Elle s'approcha, intriguée. Les acteurs étaient en costume d'époque. Invisible derrière elle, j'étais aussi fascinée qu'elle par tout ce que nous découvrions. Portant son appareil photo devant son visage, elle a pris une photo avec flash et n'a pas vu le jeune homme poussant un chariot de matériel qui déboulait sur elle.

– Hé ! dégagez le passage, et rangez-moi ce flash ! Vous ne voyez pas que nous sommes en train de régler les lumières ?

Oh ! ça va, tu peux le dire sur un autre ton, avais-je alors pensé. Luce s'était empressée de s'excuser :

– Pardon, je n'ai pas réfléchi, je suis désolée.

Le passage dégagé, Jack avait continué sa course tout en jetant des regards à la dérobée vers Luce. Curieuse de ce nouvel univers, elle ne se laissa pas démonter par cette rencontre et resta là un bon moment. Mes sens en alerte, je surveillais ce jeune homme peu affable. Il n'avait pas intérêt à revenir lui chercher des noises ! Lorsqu'il se mit à pleuvoir, Luce, sa capuche déjà bien en place sur sa tête, ne fit pas un geste alors que tous les curieux autour d'elle fuyaient les lieux, démotivés par ce rideau de pluie qui tombait du ciel.

Elle resta là pendant toute la fin du tournage. Lorsqu'elle entendit enfin le clap de fin résonner, elle ressortit son appareil pour capturer un peu de l'atmosphère et profiter des lumières encore en place pour donner un autre rendu à ses photos. Elle ne jeta même pas un regard vers Jack qui se tenait toujours là, à quelques mètres, mais je continuais de mon côté à le surveiller.

Il avait remarqué qu'elle avait de nouveau sorti son appareil, mais il ne fit pas le moindre mouvement vers elle cette fois. Avec le reste de l'équipe, il remballa tout le matériel avec beaucoup de professionnalisme et, au moment du départ, il salua ses collègues et se dirigea lentement vers Luce, dont le visage tourné vers le ciel était illuminé par les éclairs de temps à autre. Hésitant, il s'arrêta d'abord à bonne distance, pris d'un doute. Puis, au bout d'un court instant, il vint se placer juste à côté d'elle.

Il mit encore quelques minutes avant d'oser dire quelque chose.

– Je n'avais jamais croisé quelqu'un d'aussi à l'aise sous la pluie. Tu restes là comme d'autres resteraient sous les rayons du soleil.

Luce, sortie de sa bulle, lui répondit du tac au tac :

– Oh ! mais le soleil est bien plus agressif que la pluie !

– Pour nous, peut-être, mais pour les appareils photo ? dit-il avec un geste de la tête vers l'appareil dans ses mains.

– Coque imperméable.

Le jeune homme sourit de plus belle.

– Oui, décidément, je n'avais jamais vu quelqu'un apprécier autant de rester sous la pluie… et l'orage, ajoute-t-il alors qu'un éclair zébrait le ciel. La plupart des gens ont plutôt peur de l'orage.

– Je n'ai jamais eu peur de l'orage. Au contraire, avec ses éclairs, c'est comme si le ciel nous prenait en photo. Le bruit fracassant du tonnerre m'évoque un choc. Le choc d'une image à jamais gravée sur une pellicule. Un instant furtif transformé en éternité…

Un silence plana entre eux après cette déclaration. Qu'aurait-il pu répondre à cela ? Était-ce l'orage qui rendait Luce si grandiloquente ?

Quand Luce colla de nouveau son œil au viseur, attendant ce nouvel éclair à graver sur la pellicule, Jack garda son regard intense tourné vers elle. Je ne sais toujours pas aujourd'hui si le pétillement dans les yeux de Jack que je perçus à cet instant était vraiment dû à la lumière de l'éclair. Après tout, depuis ce jour, une belle amitié s'est tissée entre eux, mais rien de plus ! S'il avait vraiment des sentiments plus forts à son égard, il aurait déjà eu mille occasions de les lui révéler. L'atmosphère de ce soir-là a sûrement joué sur mes propres émotions.

– Youhou ! La terre appelle Luce ! Tu es toujours avec nous ? s'exclame Mélodie en faisant de grands gestes devant sa fille.

– Hmmm ? Oui, oui, bien sûr ! Je suis là !

– Ah ! parce que je commençais à trouver étrange que tu ne veuilles pas être celle qui place l'étoile en haut du sapin…

– Si ! s'écrie alors Luce en sautant sur ses pieds.

Elle monte sur le tabouret apporté par son père et accroche fièrement la dernière décoration sur le sommet du sapin d'où je suis délogée. Une fois sa fille descendue, Vincent allume les guirlandes sous les yeux émerveillés de Luce et de Mélodie.

– Hé ! Luce, il ne manque plus qu'à le prendre en photo, maintenant ! déclare Nicolas en faisant un clin d'œil complice à sa sœur.

Celle-ci lui sourit, reconnaissante, et file chercher son appareil, resté dans sa chambre. Jamais ses parents ne lui proposent de prendre les photos de famille, c'est toujours son frère qui en a l'initiative. Depuis que la photographie est devenue une passion pour Luce, Vincent et Mélodie évitent toute situation qui pourrait lui donner envie d'en faire son métier…

Lorsque Luce réapparaît dans le salon, elle a son appareil photo dans une main et un trépied dans l'autre. Très professionnelle, elle installe tout cela en un clin d'œil et place sa famille autour du sapin. Une fois le retardateur enclenché, elle se glisse à côté de Nicolas. Rester derrière l'appareil, à les regarder me sourire, me rend nostalgique. J'aimerais tant faire partie de cette photo de famille. Comme si de rien n'était, je me glisse en douceur derrière Luce.

Avant de se coucher ce soir-là, Luce regarde son téléphone. Elle y trouve deux messages en attente.

Solitaire ? Si je me souviens bien, c'était plutôt toi, la solitaire, lorsque je t'ai rencontrée…

À la lecture du SMS de Jack, Luce se dit qu'en effet, sur ce coup-là, elle s'est peut-être trompée. Surtout depuis ce qu'elle a appris de la bouche de Zoé. Elle répond alors rapidement.

C'est vrai. J'ai appris que tu n'étais pas si solitaire…

Puis elle ouvre le second message, et c'est avec un sourire niais qu'elle s'endort après l'avoir lu.

Merci pour cet après-midi. J'ai passé un super moment.
Mais je n'oublie pas que je te dois toujours une visite
de la bibliothèque du château de la bête.
Si tu n'as rien de prévu vendredi prochain,
alors rendez-vous à 17 heures. 😀

Chapitre 10

Persuasion

Luce est réveillée par la sonnerie de son téléphone, annonçant l'arrivée d'un nouveau texto. En voyant qu'il est neuf heures du matin, elle saute de son lit et se précipite dans la cuisine pour vérifier la case du calendrier de l'Avent. Encore raté. Le chocolat, ce n'est toujours pas pour aujourd'hui ! Décidément, son frère est beaucoup trop lève-tôt pour elle. Il va falloir qu'elle pense à un stratagème si elle veut réussir à en avoir au moins un avant Noël ! Face à cette déception, sa torpeur matinale habituelle reprend le dessus. Elle se prépare paresseusement un chocolat chaud avant de s'affaler sur une chaise de la cuisine et d'attraper un des cadeaux encore présents dans la case. C'est à ce moment-là que Nico fait son apparition, une tasse vide à la main.

– Tu sais que ça va beaucoup plus vite si tu arraches le papier, n'est-ce pas ?

– Hmmm, grommelle Luce.

– Mauvaise nuit à ce que je vois.

– Mauvais réveil, oui. Je me retrouve encore avec une des créations d'Emma pour le sapin au lieu du chocolat.

– Oh ! mais regarde, celui-ci était fait pour toi. Vous avez la même tête renfrognée, dit-il en imitant le carlin dont Luce tient une réplique en crochet à la main.

Aussitôt, l'emballage du cadeau devient une boule compacte envoyée à la tête de Nicolas, qui réussit à l'esquiver.

– Tu es si prévisible, Mamie Lucette.

Luce récupère sa tasse et, son cadeau toujours dans l'autre main, se dirige vers le salon.

– Ne l'écoute pas, tu es trop mignon avec ton écharpe de Noël ! chuchote Luce à la figurine avant de l'installer dans le sapin.

La voix de Nicolas nous parvient alors de la cuisine.

– Ma sœur est folle !

– Et mon frère est un idiot égoïste, rétorque Luce, qui laisse sa déception se transformer en irritation.

De retour dans sa chambre, elle dépose sa tasse bien chaude sur sa table de chevet et attrape son téléphone avant de plonger sur son lit défait. Je m'installe à ses côtés.

Elle retombe sur le SMS de Noah. Elle tourne son regard vers l'étagère qui soutient les quelques livres de sa chambre et un appareil photo. Elle s'imagine déjà telle Belle découvrant la bibliothèque de la Bête dans le fameux film d'animation. Mais sa Bête à elle est loin d'être aussi hideuse... Elle accepte la proposition de Noah avant d'ouvrir le message arrivé ce matin.

Comment ça, tu as appris que je n'étais pas
si solitaire ?

Luce tape aussitôt une réponse.

Oui, Zoé m'a dit qu'elle t'avait croisé l'autre jour
sur les quais… en bonne compagnie.
Monsieur Le-Pas-Si-Solitaire !

Toujours allongée sur le dos, les pieds dans le vide, elle se met à parcourir Instagram à la recherche d'inspiration pour sa balade photo programmée aujourd'hui. Mais le cœur n'y est pas. Tout à coup, son téléphone se met à sonner et le nom de Jack apparaît en gros. Elle se redresse d'un coup et finit par décrocher.

– *Hey !* dit Luce d'une voix tendue.

Décidément, ses émotions semblent jouer les montagnes russes, ce matin. Jack, vas-y doucement.

– Salut, Luce, je viens de voir ton message. Comment ça va ?

– Bien, répond-elle sans entrain.

– Ça n'a pas l'air. Qu'est-ce qui ne va pas ? C'est cette histoire de « pas si solitaire » ? demande Jack, dont je perçois une pointe d'espoir dans la voix.

– Quoi ? Non... Non, c'est... commence Luce dont les traits du visage se détendent progressivement.

Cette idiote est en train de sentir que son humeur ne tient qu'à un chocolat, j'en suis sûre.

– OK, te moque pas, hein.

– Moi ? Jamais !

– Non, c'est juste que... on a un calendrier de l'Avent familial, et depuis le début du mois, j'essaie d'ouvrir la case du jour avant mon frangin pour récupérer le chocolat, mais... j'ai encore loupé le coche ce matin, ça m'a saoulée !

Le silence se fait dans le combiné. Puis, tout à coup, un rire étouffé nous parvient.

– Hé ! Pas de moqueries ! dit alors Luce qui explose de rire à son tour.

– Donc, tu manques de chocolat, c'est ça ?

– C'est ça, répond Luce d'un ton goguenard.

– Ben, tu sais quoi ? Demain, tu te mets un réveil en pleine nuit. Tu descends en douce, et tu l'auras, ton chocolat !

– T'as raison. À la guerre, comme à la guerre ! s'exclame Luce d'un air sérieux. Bon, et si on revenait à toi, le solitaire pas si solitaire, hein ?

– Mais d'abord, il va falloir que tu m'expliques quand même… Je suis censé avoir une meilleure vision de moi-même avec ton calendrier de l'Avent de photos, non ?

– C'est ça.

– OK. Donc, si je résume : à tes yeux je suis un étranger, un accro au boulot, un clown, alcoolique, brumeux et… léger comme une plume ? Sans parler de mon côté solitaire…

– *Oh my…* dit Luce en se tapant la tête. Mais tu lis les légendes de mes photos ? Reprenons : Photo 1.

– *L'Étranger* de Camus sur un banc.

– Ça ne te rappelle aucun souvenir ?

– Un souvenir ?

– Le jardin du Luxembourg… un après-midi de printemps… tes conseils pour mieux gérer la lumière en plein soleil ?

– O.K. Je vois de quoi tu parles, mais qu'est-ce que Camus vient faire là ?

– Ben, c'est le livre que tu lisais !

– Ah. Ta mémoire est sélective, on dirait. Moi, je n'ai pas gardé les mêmes souvenirs de cette journée-là.

– Ah oui ?

– Non.

– Mais encore ? Si tu devais m'envoyer une photo souvenir d'un détail de cette journée, ce serait quoi ?

Toujours assise face à Luce, attentive à cet échange, je suis soudain impatiente de connaître la réponse de Jack, qui tarde à venir.

– Des fleurs coincées dans une barrette à cheveux.

– Haha, c'est vrai. Merci Zoé ! J'avais oublié. On continue… Photo 2.

– L'accro au boulot.

– N'importe quoi ! Tout de suite, parce que c'est une photo de toi en train de bosser, ça veut dire que tu serais accro au boulot ?

– Non mais regarde la tête hyper concentrée que j'ai !

– Tu es passionné par ton boulot et tu te donnes à fond. C'est admirable, crois-moi. J'adore te voir bosser comme ça. Je t'envie tellement d'avoir trouvé un job qui te motive au quotidien.

– Hé ! toi aussi tu as une passion, on en a déjà parlé, tu peux très bien en faire ton métier.

– Oui, je sais, mais là on parle de toi. Donc. Photo 3 : tu es lumineux quand tu ris comme ça, comment peux-tu rendre dérisoire une si belle photo de toi ? Photo 4, enchaîne Luce qui ne laisse plus à Jack la possibilité de la contredire. Aussi étonnant et chaleureux qu'un vin chaud aux épices. Alcoolique, n'importe quoi ! Photo 5 : tu restes un mystère ambulant. Avoue, tu aimes garder tes secrets. Photo 6 : la plume est le symbole de la paix et de la liberté d'esprit, je te signale. Je m'en tiens donc à ma légende pour celle-ci : un esprit libre ! Photo 7 : un solitaire (bon, pas si solitaire, OK), mais DE LUMIÈRE ! Pourquoi tu n'arrives pas à accepter que les gens puissent te voir de manière positive ?

– Ah ! parce que beaucoup de gens arrivent à l'accepter ?

– Je m'en fous des autres, je te parle de toi, là, dit Luce, très calme.

Un silence lourd résonne à l'autre bout de la ligne. Une tension s'est installée au fil de leur échange, elle est si perceptible désormais. Je n'avais jamais vu Luce montrer autant de passion, si ce n'est lorsque son œil est rivé derrière l'objectif.

– Ah ! Toi et tes secrets. Mais tu sais quoi ? À la guerre, comme à la guerre ! répète Luce en reprenant son ton sérieux d'il y a quelques instants. Je n'abandonnerai pas ce calendrier de l'Avent. Quand j'en aurai fini avec toi, j'espère que tu arriveras à te voir comme je te vois !

– Ha, ha ! Luce la guerrière est de retour ! Planquez les chocolats ! s'amuse Jack.

– Tu bosses pas, aujourd'hui ? Dis donc, c'est rare, les dimanches sans bosser !

– *Yes,* c'était off pour moi ce weekend ! Ça faisait longtemps. Mais raconte-moi plutôt ton début de vacances, l'air de la campagne te fait du bien ?

– Oh oui ! l'air de la campagne avec l'ambiance de Noël, y a pas mieux ! Si tu voyais toutes les lumières ici. Bon, tu vas me dire que celles de Paris ne sont pas mal non plus. Mais, je ne sais pas… le charme d'un petit village, ses rues pavées, les décorations un peu partout. Ici, on choisit une couleur et tout le monde s'y plie. Le résultat est très harmonieux. Je suis sûre que ça te plairait aussi.

– Je te crois sur parole. Tu parles à un Parisien qui n'est jamais sorti au-delà du périph pendant la période de Noël.

– Quoi ? C'est pas possible. Il va falloir résoudre ce problème !

– C'est une invitation ?

– Une promesse, plutôt. Si ta copine ne te sort pas de Paris pour Noël, je te promets de le faire un jour !

– Ma quoi ?

– Ben, la fille avec qui Zoé t'a croisé l'autre jour sur les quais.

– Je ne sais pas ce que t'a raconté Zoé, mais je n'ai pas de copine avec qui je me balade sur les quais. Le seul jour où j'ai effectivement été sur les quais cette semaine, c'était pour y retrouver une amie du collège qui vient d'arriver à Paris pour son boulot. Mais j'ai pas de copine, OK ?

C'est qu'il est insistant, dites-moi ! Ma petite Luce, j'espère que tu comprends comme moi…

– Pas encore !

Luce… Tu me désespères !

– Non, pas encore, répond Jack d'une voix chaude et profonde.

Oui, j'aurais vraiment dû t'apprendre à lire entre les lignes !

– Oh, je ne t'ai pas dit ! J'ai retrouvé mon vieil argentique chez mes parents ! Trop hâte de faire développer les photos et de te les montrer.

– Sympa, ça ! Un bon moyen de travailler tes prises de vue.

– C'est sûr ! Pas de retouche après coup avec l'argentique. Mais je crois que c'est aussi ce qui me plaît avec cet appareil. C'est grâce à lui que les photos sonnent si vraies.

– C'est surtout l'œil du photographe qui fait ça, et la qualité de ses réglages. Ta technique et ton œil à toi, en l'occurrence !

Jack et Luce continuent à bavarder un petit moment avant de raccrocher, Luce ayant fait promettre à Jack d'arrêter de dévaloriser ses photos du calendrier de l'Avent. Lorsque le silence est enfin revenu dans la pièce, deux petits coups se font entendre à la porte.

– Oui ?

– Je peux entrer ? Tu ne vas pas me sauter dessus ? vérifie alors Nicolas en passant une tête par l'entrebâillement.

Apaisée par la conversation téléphonique qu'elle vient d'avoir avec Jack, Luce sourit.

– Non, c'est bon. Qu'est-ce que tu veux ?

– Des conseils ?

– Toi ? Tu veux des conseils… de moi ?

– C'était une mauvaise idée, oublie, dit Nicolas en faisant mine de repartir.

– Mais non, viens. Dis-moi tout ! rétorque aussitôt Luce en tapotant le matelas entre nous deux.

Nicolas referme la porte et s'installe face à sa sœur. Je me pousse légèrement pour lui faire un peu plus de place.

– Bon, en fait, c'est que… tu parles de Noah si facilement avec les parents… je me suis dit que… tu pourrais m'aider pour savoir comment leur parler de Louise.

– Noah ? Attends ! Louise est ta copine, ça n'a rien à voir. Pourquoi tu me parles de Noah ?

– C'est peut-être pas encore ton copain, mais clairement, le gars t'a préparé une chasse au trésor… Il n'a pas seulement envie d'être ton ami, fais-moi confiance. Je serais même prêt à te parier le dernier chocolat du calendrier de l'Avent, tiens !

Luce le regarde en fronçant les sourcils.

– Pas de pari ! Les chocolats de l'Avent, j'en gagnerai bien avant ça, et sans ton aide ! Oublions Noah. Pour Louise, pourquoi tu stresses tant ? Sois naturel, tout simplement.

– Facile à dire, pour toi. Parfois on a l'impression que tu te fous complètement de ce que les autres peuvent penser de ce que tu dis.

– Parce que je ne devrais pas ?

– Non, je suppose que non. Mais j'y peux rien, je ne peux pas m'empêcher de vouloir que papa et maman apprécient vraiment Louise.

– Tu tiens vraiment à elle, hein ?

– Oui… je crois.

– Alors ne t'en fais pas, il n'y a pas de raison qu'ils ne l'aiment pas. D'après ce que j'ai pu apercevoir hier, ça a l'air d'être une chouette fille ! Alors, raconte-moi, comment tu l'as rencontrée ?

Nicolas se met à dépeindre, à sa manière, comment il a fait la connaissance de Louise, comment ils se sont d'abord cherchés un peu avant de commencer à se voir plus régulièrement, officialisant les choses entre eux. À chaque petit trait d'humour de son frère, Luce rigole, et là où Nicolas ne s'étend pas sur ses sentiments romantiques, Luce ne peut s'empêcher de lui partager sa vision « à la guimauve » ! Elle est décidément très forte pour mettre de la romance dans la vie des autres… j'espère qu'elle va rapidement se rendre compte qu'elle en vit une elle aussi !

En repartant, Nicolas lui lance :

– Bon, et ton Noah, tu vas le revoir ?

– Ce n'est pas MON Noah !

Nicolas la regarde en haussant un sourcil, dans l'attente d'une réponse à sa question.

– Oui, finit par concéder Luce. Il m'a donné rendez-vous chez lui pour visiter leur bibliothèque de rêve.

– Bien joué ! dit Nicolas avec un clin d'œil.

Luce roule des yeux mais ne peut s'empêcher d'avoir un sourire caché au coin des lèvres.

Chapitre 11

The Royal Treatment

Le reste de la semaine passe en un éclair. Luce a profité du fait que son téléphone était plutôt silencieux pour faire quelques révisions et passer du temps avec sa famille, sans oublier bien sûr sa photo journalière pour le calendrier de l'Avent de Jack. Après le coup manqué du « solitaire », Luce est plus attentive. Elle sélectionne ses photos avec soin. Elle s'amuse à taquiner Jack pour le faire réagir. Mercredi dernier, elle a ressorti une photo sur laquelle on voit une vieille dame se retourner et jeter un regard à Jack. Elle l'a légendée « Le charmeur naturel ».

Mais déjà, vendredi arrive et avec lui la promesse de la visite chez Noah ravive l'excitation de Luce.

Toute la journée, Luce passe une bonne partie de son temps à s'organiser pour sa soirée. Ah ! Dommage que Zoé n'arrive que demain. Elle n'aurait pas du tout validé la façon dont se prépare son amie ! Pour Luce, c'est la visite de la bibliothèque qui compte, elle ne pense qu'à ça ! Son matériel photographique est rassemblé et vérifié : trépied, flashs et zooms de toutes tailles… Elle entasse l'ensemble dans un désordre organisé. Puis, lors de sa sortie shopping de l'après-midi, elle achète de nouvelles pellicules pour son argentique avant de faire un tour dans sa galerie photo préférée, probablement pour habituer son œil à de nouvelles perspectives ou à des mises en scène intéressantes.

C'est à peine si elle se met un peu de mascara avant de partir retrouver Noah chez lui, un sac bien rempli sur le dos.

Dès que la sonnerie retentit dans la maison, des pas précipités se font entendre et Noah lui ouvre la porte, un immense sourire sur les lèvres.

– Salut ! Eh bien ! Si j'avais su que tu comptais rester dormir, j'aurais préparé la chambre d'ami ! dit-il en pointant son énorme sac à dos.

Luce, rouge de la tête aux pieds, s'explique aussitôt :

– Quoi ? Non, non ! C'est juste mon matériel photo.

– Et tu m'as dit que tu n'étais pas professionnelle ?

– Non ! Juste passionnée. Et puis, je te l'ai dit… c'est un peu un rêve d'enfant, pour moi, cette bibliothèque… répond Luce en retrouvant un peu d'assurance.

– Et moi qui pensais que je lui volerais la vedette ! Ah ! Battu par une bibliothèque ! lance Noah en mimant un coup au cœur.

Décidément, ces deux-là aiment jouer la comédie lorsqu'ils se voient !

– Hé ! Ne me fais pas dire ce que je n'ai pas dit ! Je suis heureuse de te revoir. Je peux être enthousiaste pour plusieurs choses en même temps ! Et si en plus elles se combinent… dit-elle en souriant.

Noah retrouve alors le sourire étincelant qui fait briller ses yeux.

– C'est à moi de jouer les guides, aujourd'hui ! Mademoiselle Luce, bienvenue dans mon humble demeure ! déclame Noah en ouvrant les bras vers l'entrée.

– Merci ! déclare Luce, entrant dans le jeu de Noah et faisant les grandes dames.

Je me permets de passer devant elle et découvre un hall assez grand pour y faire entrer la chambre entière de Luce, qui n'est pourtant pas si petite que cela ! Un grand escalier trône à droite du couloir qui mène sans aucun doute aux parties communes de la maison. De larges portraits et peintures classiques enrichissent élégamment les murs crème de cette entrée. Si le reste de la maison est aussi bien aménagé, la visite vaudra le détour !

Noah, en gentleman, aide Luce à enlever son sac à dos.

– Oh ! la vache, mais c'est hyper lourd ton truc ! s'exclame-t-il.

Luce le regarde simplement en haussant les épaules avant de lui reprendre le sac, en échange de son blouson. Noah le range dans le placard qui sert de penderie, entre les manteaux longs et les vestes en cuir déjà présents.

– Je sens qu'on va passer du temps dans la bibliothèque, donc commençons par le reste de la maison !

– Oh oui ! je veux aussi voir la cuisine dont tu m'as parlé ! Ta pièce préférée, n'est-ce pas ?

– *Yes !*

Luce, appareil photo désormais autour du cou, emboîte le pas à Noah tout en remettant son sac sur le dos. Le jeune homme semble assez fier de faire découvrir son nouveau chez lui à Luce, et je dois avouer que je le serais aussi à sa place. Ses parents ont décidément bon goût en matière de décoration intérieure, même si les pièces manquent encore un peu de vie selon moi. Après tout, ils ne sont pas là depuis longtemps. Et puis, comparée à la maison des Langlet où chaque meuble, chaque coin de mur a une histoire à raconter, l'ambiance ici est plus froide, plus lisse. Luce est heureuse de découvrir un immense sapin élégamment décoré dans les tons bleu et or trônant dans le salon.

Alors qu'ils se dirigent vers la pièce attenante, Noah s'arrête et se tourne vers Luce.

– La cuisine est juste là, prête à être éblouie ?

Luce ne peut s'empêcher de rire devant l'enthousiasme de Noah.

En entrant à la suite du jeune homme, elle découvre effectivement une cuisine incroyablement équipée, qu'une bonne odeur de pain en train de cuire parfume.

– Regarde-moi ce plan de travail extraordinaire, s'exclame Noah en faisant de larges gestes vers l'îlot central, qui est effectivement immense et particulièrement bien rangé !

Noah révèle les mille et un secrets de cette cuisine. Luce ne peut s'empêcher de partager sa joie. Il fait preuve de tant de passion qu'elle le mitraille de son appareil photo. C'est dans cette ambiance joyeuse qu'arrive le père de Noah, habillé comme s'il sortait d'une journée de réunions de travail. Les manches de sa chemise retroussées, le veston de costume en tweed et le pantalon cintré lui donnent une allure très charismatique. Les chats ne font pas de chiens, l'expression se confirme encore. Hé ! ce n'est pas parce que je ne suis plus de ce monde que je ne peux pas apprécier un bel homme lorsque j'en ai un sous les yeux !

– Bonjour, tous les deux.

– Salut, papa. Je te présente Luce.

– La fameuse Luce dont tu nous as tant parlé ? Enchanté de faire enfin votre connaissance, mademoiselle.

Étrangement, la phrase de son père ne semble pas du tout atteindre Noah, qui reste imperturbable.

– Bonjour, monsieur, répond Luce, laissant retomber son appareil photo sur sa poitrine afin de serrer la main tendue devant elle.

– Tu as refait du pain, Noah ? On en avait encore, pourtant !

– On n'a jamais trop de pain, enfin ! rétorque Noah avec un regard appuyé vers son père.

– Ça sent tellement bon, ce pain en train de cuire, déclare Luce, innocente.

En entendant cette phrase, le père de Noah échange un sourire de connivence avec son fils.

– Bon, même si je pourrais personnellement rester des heures ici, et si on montait voir la bibliothèque ? s'exclame Noah.

À ces mots, le regard de Luce s'illumine, et après avoir pris congé de M. Dutour, elle suit Noah. Alors que j'allais les suivre, un peu à contrecœur, Noah réapparaît rapidement dans l'encadrement de la porte.

– Papa, tu pourras éteindre le four dans un quart d'heure, s'il te plaît ?

– Pas de soucis. Tu veux que je vous apporte des tranches chaudes aussi, pendant que j'y suis ? Tu sais… pour l'odeur ? s'amuse le père.

– Ha, ha ! très drôle. Non, juste éteindre le four, ça suffira ! Merci !

Noah file rejoindre Luce et l'entraîne en haut des escaliers.

– Par ici, Luce, dit Noah en pointant du doigt un long couloir.

Aucun des deux ne dit grand-chose sur le chemin jusqu'à la bibliothèque. Enfin, Noah s'arrête devant deux grandes portes en bois vernis et se place face à Luce.

– Maintenant, ferme les yeux.

– Ça ne va pas être pratique pour prendre des photos, ironise Luce en s'exécutant.

Noah s'assure qu'elle ne triche pas, puis il lui prend la main et ouvre enfin les grands battants. Je suis la première à découvrir cette immense pièce dont les murs sont recouverts de livres du sol au plafond. Livres classiques, contemporains, petits et grands formats, anciens, abîmés ou en parfait état, tout lecteur peut y trouver son bonheur. La véritable difficulté est sûrement de choisir. Noah et Luce s'arrêtent au milieu de la pièce.

– Tu peux ouvrir les yeux, murmure Noah.

Je suis heureuse d'avoir pu découvrir la pièce plus tôt, car je peux profiter de la réaction mémorable de Luce. Elle reste sans voix un long moment en parcourant des yeux les moindres recoins. Ses yeux pétillent de joie et d'émerveillement. Elle ne peut s'empêcher de se déplacer partout, comme pour ne rien rater. Elle caresse avec envie les reliures des plus beaux spécimens de livres anciens. Alors qu'elle contemple avec passion ce qui l'entoure, Noah, lui, a les yeux fixés sur elle, et son regard est tout aussi intense que celui de Luce. Celle-ci se tourne un instant vers lui, et sans dire quoi que ce soit, demande si elle peut sortir un des livres les plus anciens de son étagère. Noah lui répond d'un sourire appuyé et d'un hochement de tête.

En parcourant le livre, elle s'extasie enfin :

– C'est incroyable ! Mais comment avez-vous réussi à avoir autant de livres ?

– Ma mère est une férue de lectures ; je pense qu'elle a commencé à constituer sa bibliothèque à l'âge de dix ans !

– De la rue, on devine déjà une pièce magnifique… mais je n'imaginais pas une telle profusion de livres ! On ne voit même plus les murs ! s'exclame Luce en faisant un geste du bras qui englobe toute la pièce.

– Pas de problème de choix de peinture ou de papier peint, ça, c'est sûr !

– J'espère que tu as du temps devant toi, car ça m'inspire tellement de photos !

– Et moi, j'espère que tu as prévu assez de pellicules.

Luce le regarde en biais, pointant son énorme sac.

– Ah oui ! c'est vrai, j'oubliais… rétorque Noah en riant.

Luce prend le temps de sortir son matériel, sous l'oeil curieux de Noah, puis elle se met à parcourir la pièce à la recherche de toutes les sources de lumière.

– Toutes les lampes fonctionnent ? demande-t-elle à Noah.

– Alors ça, c'est une bonne question ! On va tester.

Il se déplace dans toute la bibliothèque pour allumer chaque lampe. Certaines sont directement installées sur les étagères, entre deux livres, d'autres, plus grandes, sont posées au sol, entre deux meubles. Il met bien deux ou trois minutes à tout allumer !

Aussitôt, l'œil de Luce s'accroche au viseur de son argentique et elle fait ses premiers clichés. Puis elle se met à parcourir la pièce, éteignant certaines lampes que Noah venait tout juste d'allumer.

– Ah ben merci ! Tu saccages tout mon travail !

– Ha, ha ! pardon… Mais si la lumière vient de tous les côtés, ça écrase tout !

Noah semble plutôt sceptique. Luce se rapproche, attrape son numérique et commence à lui montrer la différence entre une photo prise en pleine lumière et celle qu'elle réalise après avoir éteint quelques sources lumineuses.

– Là, tu vois ? Le focus n'est plus du tout le même. Les ombres créées font ressortir le dos des livres plus avancés, et tout de suite, cela donne un effet de profondeur à la photo.

Quand elle explique avec patience tout ce qu'elle aime dans la photographie à un Noah un peu perdu, je sens comme une présence s'installer entre eux.

Luce se remet à mitrailler les rayonnages. Lorsqu'elle découvre l'échelle coulissante sur laquelle je suis installée, son excitation est au maximum.

Elle se tourne vers Noah et lui demande, émue :

– Je peux ?

– Bien sûr ! répond-il avec enthousiasme.

Je me déporte sur les hautes barres de l'échelle. Luce s'empresse de monter quelques échelons afin de trouver un nouvel angle de vue. Toute à sa concentration, Luce ne remarque pas que Noah s'est glissé à côté de l'échelle. Il y pose une main discrète et pousse la structure avec douceur.

Surprise, Luce lâche un cri.

– Mais ça va pas de faire ça sans prévenir ! s'exclame-t-elle, une pointe d'amusement dans la voix malgré tout.

Comme pour se venger, elle se met à photographier Noah hilare, avant de redescendre de l'échelle. Puis, elle commence à créer des mises en scène, déplaçant des livres, les quelques objets décoratifs qu'elle trouve au détour d'une étagère, voire Noah lui-même. Plus elle s'amuse à faire ressortir son côté artistique, plus je ressens cette présence entre eux. Cela me rappelle subitement un autre jeune homme tout aussi impliqué : « n'oublie pas tes ombres », « et si tu réduisais l'obturation ? », « tu as pensé à mettre un cadre à ta photo ? »…

Tout en jouant le jeu, Noah tente de capter le regard de Luce et enchaîne les discussions avec elle, déviant rapidement vers des sujets sur lesquels il se sent plus à l'aise, tels que la littérature, les derniers films ou séries qui lui ont plu, ou encore la cuisine. Alors qu'il pose pour une série de photos, il finit même par dévier l'appareil photo afin d'inviter Luce à répondre à sa question sans être perturbée par autre chose. Petit à petit, Luce lève de moins en moins son appareil vers son œil et se laisse emporter dans leurs échanges. Les laissant discuter tranquillement, je déambule parmi les étagères, m'attardant sur les titres qui me sont familiers. *Jane Eyre, Guerre et Paix, Le Comte de Monte-Cristo*. Je glisse mes mains sur les dos des livres, comme j'aimais tant le faire autrefois. Mais aujourd'hui, mes mains ne captent plus ni la douceur des éditions reliées ni l'aspérité des dos cassés. Je tente d'attraper un exemplaire de la *Correspondance* des sœurs Brontë : impossible de faire bouger le livre ne serait-ce que d'un millimètre. Je continue ma déambulation tout en écoutant d'une oreille Luce et Noah. Le temps passe, mais ni l'un ni l'autre ne semble s'en soucier. Lorsqu'une femme, qui doit être la mère de Noah, passe la tête par l'embrasure de la porte, c'est pour annoncer le dîner.

– Bonsoir, vous deux. Noah, ton père te fait dire que le repas est prêt. Luce, tu restes dîner avec nous, n'est-ce pas ?

– Bonsoir, Madame. Euh… Dîner ? s'alarme Luce en se tournant vers Noah. Je…

– Ne t'en fais pas, il y a largement ce qu'il faut pour cinq ! Ça nous fait vraiment plaisir de t'inviter.

– Merci, madame. Je… (Elle se tourne vers Noah, qui arbore un doux sourire.) Je… vais juste prévenir mes parents qui doivent m'attendre.

– Bien sûr. En tout cas, je suis ravie que ma bibliothèque t'ait autant fascinée, ça nous donne ainsi l'opportunité de rencontrer enfin la jeune fille dont Noah nous parle sans cesse depuis qu'il est arrivé ici !

Luce, dont les joues sont devenues aussi roses que le livre de la Comtesse de Ségur qu'elle tient à la main, sourit, mal à l'aise, et plonge vers son sac à dos pour y attraper son téléphone. Noah fait un pas vers sa mère en disant :

– On arrive dans cinq minutes !

– OK, ne tardez pas trop.

Puis la mère de Noah repart, en laissant la porte entrouverte derrière elle.

Luce se met à ranger tout son matériel utilisé, ce qui n'est pas tant comparé à tout ce qu'elle avait apporté. C'est toujours ainsi, n'est-ce pas ?

Noah, quant à lui, s'occupe de replacer les livres qu'ils avaient sortis et commence à éteindre les lampes aux quatre coins de la pièce, ne laissant que le grand lustre central.

Cinq minutes plus tard, Luce quitte la bibliothèque tout en laissant son regard s'attarder une dernière fois sur les étagères. Noah éteint le plafonnier avant de refermer les portes.

– Merci, murmure alors Luce, enfin sortie de son émerveillement.

– Je t'en prie, répond sobrement Noah.

Sur le chemin vers le salon, où une table de cinq couverts est dressée, ils sont rejoints par Marianne, qui salue Luce avec une joie franche. Elle lui attrape le bras, comme si elles étaient déjà les meilleures amies du monde, et lui murmure assez bas pour n'être entendue que de Luce :

– Si les parents deviennent trop chiants avec leurs questions, tu me fais signe, hein ! J'assure tes arrières !

– Ha, ha ! merci, répond Luce sur le même ton de conspiratrice.

– Non parce que Noah, je l'aime bien hein, mais face aux parents, il sait pas faire ! Mais t'inquiète, je suis là, insiste-t-elle avec un clin d'œil alors que nous arrivons enfin à la table du dîner.

Noah, toujours grand gentleman, tire la chaise de Luce en lui faisant signe de s'y installer. Quand sa sœur passe derrière lui pour rejoindre sa propre place, il lui lance un regard appuyé, comme pour essayer de comprendre ce que les deux jeunes femmes ont bien pu échanger.

Monsieur Dutour entre, apportant un immense plat fumant qu'il vient déposer au centre de la table. Sa femme le suit avec une carafe d'eau et une corbeille de pain bien garnie.

– On a tout ce qu'il faut en pain, ce soir ! s'exclame-t-elle.

Marianne et son père se mettent à pouffer. Luce, qui n'a toujours pas perçu la blague sous-entendue, semble perdue. Lorsque tout le monde est installé, la mère de Noah lance les hostilités.

– Alors, Luce, Noah nous a dit que c'était un rêve d'enfant de voir cette bibliothèque de l'intérieur. Je suis heureuse que tu sois comme moi une amoureuse des livres ! Avec ces deux-là, je n'ai pas eu tant de chance. C'est à peine s'ils ouvrent un livre de temps en temps.

– C'est sûr qu'en comparaison de toi, on est des petits bras ! Mais crois-moi, maman, ça ne veut pas dire qu'on ne lit pas ! rétorque aussitôt Marianne pour se défendre. Bien d'autres parents seraient heureux si leurs enfants lisaient autant que nous.

– Je ne sais pas si je peux dire être une amoureuse des livres comme vous, madame.

– Appelle-moi Mathilde, je t'en prie !

– Mathilde. Mais oui, c'est vrai que c'était un rêve d'enfant de découvrir cette bibliothèque. Je n'en ai toujours aperçu qu'un petit bout, donc mon esprit a toujours recréé le reste.

– Alors, la réalité a-t-elle été à la hauteur de ton imagination ?

– Oh oui, bien plus ! s'écrie Luce, dont la voix se teinte à nouveau d'émerveillement.

Tout en servant l'assiette de Luce bien copieusement, le père de Noah se met à lui poser des questions sur sa famille et ses études. Luce n'étant déjà pas à l'aise pour s'étendre sur le sujet avec ses propres parents, ses réponses tournent vite court avec ces inconnus, aussi bienveillants soient-ils. Et Noah, comme Marianne l'avait prédit, n'est d'aucune aide pour mettre Luce plus à l'aise. Heureusement, sa sœur n'a pas la langue dans sa poche et n'hésite pas à placer un trait d'humour ou à détourner la conversation si besoin. Petit à petit, Luce semble se détendre, et l'ambiance devient tout à fait joyeuse jusqu'à l'arrivée du dessert.

– Depuis quand fais-tu de la photo, Luce ? demande alors Marianne.

– Houla ! ça remonte à longtemps. Je devais avoir sept ou huit ans, je dirais. Je suis tombée sur un vieil argentique et depuis, capturer la vie autour de moi, ou des lieux authentiques, ajoute-t-elle en faisant un geste vers la bibliothèque, est devenu une passion.

– Waouh ! Tu as commencé avec un argentique ? Géant ! J'adore !

– Oui, et je l'ai toujours d'ailleurs !

– Trop bien ! Et tu n'as jamais pensé à en faire ton métier ?

Je vois Luce se fermer comme une huître. Heureusement, elle est sauvée par le père de Noah.

– Ah ! les métiers d'artistes… Pas facile tous les jours de faire d'une passion un métier !

Il n'en faut pas plus pour lancer le débat sur les métiers de passion, dont Marianne se fait aussitôt la grande défenseuse.

– Eh bien moi, je préfère mille fois galérer dans un métier qui me passionne que de devenir un robot et me lever tous les matins en me demandant où j'en suis dans ma vie !

– Oui, enfin, se lever tous les matins avec la boule au ventre parce que tu ne sais pas si tu réussiras à boucler les fins de mois, ce n'est pas forcément mieux non plus, rétorque le père de famille.

– Moi, je crois que j'aurais peur de perdre ma passion. Qu'elle prenne un aspect trop professionnel, avec toutes les contraintes que cela apporte. Je ne sais pas… intervient Noah qui entre à son tour dans le débat.

– Ça se voit que tu n'en as jamais discuté avec des passionnés de leur métier ! Crois-moi, leur passion est toujours bien vivante malgré les galères professionnelles, rétorque sa sœur.

Si les Dutour débattent allègrement, Luce s'est complètement extraite de la conversation. Ce sujet la travaille depuis le début de l'année scolaire, et je vois bien à quel point il remue en elle des questionnements qu'elle a tenté d'enfouir, malgré les nombreux débats qu'elle a pu avoir avec Jack.

Marianne finit par se rendre compte du silence de Luce et, d'une pirouette, elle change totalement de discussion.

Au moment de partir, Luce remercie chaleureusement les parents de Noah avant que ceux-ci s'éclipsent dans la cuisine en l'invitant à revenir quand elle veut... même si c'est juste pour emprunter un livre, ajoute malicieusement Mathilde !

Marianne, quant à elle, la serre amicalement dans les bras avant d'aller aider ses parents.

Noah et Luce se retrouvent à nouveau seuls, enfin presque, dans ce grand hall d'entrée.

– Je suis désolé pour l'interrogatoire de mes parents, murmure Noah.

– Ne t'en fais pas, c'est un peu le rôle des parents, non ? En tout cas, merci pour ce chouette après-midi. Je t'enverrai quelques photos parmi les plus réussies, en espérant qu'elles ne soient pas toutes à jeter...

– Génial ! Je suis sûr que ça intéressera aussi ma mère de voir ça ! Je te parie même qu'elle finira par en encadrer une ou deux pour la déco.

Luce sourit, et je prends conscience que c'est sûrement la première fois que quelqu'un lui parle d'encadrer l'une de ses photos. Elle se dirige vers la porte et l'ouvre, Noah la suit de près.

– On se revoit bientôt, hein ? demande-t-il.

– Avec joie !

Noah dépose une bise légère posée sur la joue de Luce avant qu'elle file dans la nuit, l'esprit plein d'images plus douces les unes que les autres.

Chapitre 12

A Christmas Recipe for Romance

– Hiiii ! Enfin les vacances ! Oh là là ! Si tu savais comme tu m'as manqué !

Dans la petite gare, en ce samedi matin glacé, on a l'impression qu'une colonie de vacances vient d'arriver. Mais sur le quai, ne se trouvent que deux jeunes filles surexcitées de se retrouver.

– J'ai tellement hâte de te faire découvrir toutes nos traditions de Noël !

– Et moi que tu m'embarques dans ton film de Noël… D'ailleurs, on en est où de ta romance ?

– Ma romance ? Quelle romance ? demande Luce, l'air soudain innocent.

– C'est ça, fais la naïve, tu vois très bien de QUI je parle !

– Ah bon ? De qui ? De mon nouvel ami ?

– C'est ça, ton futur PETIT ami…

– Ah non ! je ne dirais pas qu'il est petit, il est même plus grand que moi !

– Qu'est-ce que tu peux être bête ! Ah ! je suis tellement contente d'être là ! s'exclame Zoé en faisant à nouveau des bonds et en serrant Luce dans ses bras.

– Viens, la voiture n'est pas loin. Je sais qu'il y en a à la maison qui ont hâte de te rencontrer.

– Oh oui, moi aussi !

– Hmmm… En revanche, si tu pouvais ne pas leur faire peur tout de suite, hein… tu sais… avec ton trop-plein d'énergie…

– Moi ? Faire peur ? s'offusque Zoé.

– Oui, tu vois… c'est comme avec les gros chiens, quand ils te sautent dessus de joie… Évite, quoi !

– Rassure-moi, tu sais que c'est une marque d'affection et de joie quand ils t'accueillent comme ça, hein ? Tu préférerais qu'ils te grognent dessus ?

– Non, ni l'un ni l'autre.

Tout en continuant de discuter ainsi dans la joie de leurs retrouvailles, les filles installent l'énorme valise de Zoé dans le coffre avant de quitter le parking. En route vers la maison des Langlet !

Assise à l'arrière de la petite voiture, je me régale de ce trajet passé entre les éclats de rire et les cris d'émerveillement de Zoé lorsqu'elle découvre les rues décorées. Cette fille est un vrai rayon de soleil, et son énergie est contagieuse.

Lorsque Luce gare enfin la voiture dans l'allée attenante à la maison, elle annonce :

– Tadaaa ! *Home sweet home !*

– Waouh ! Ah oui, OK ! Vous ne lésinez pas sur les décorations, vous ! Vous avez même installé des guirlandes à l'extérieur !

– Tu t'attendais à quoi ? Je t'avais dit que Noël chez nous, c'était magique !

– C'est nous ! annonce Luce à la cantonade quelques secondes plus tard.

Aussitôt, Vincent et Mélodie font leur apparition, l'un par la porte du bureau, l'autre par le couloir qui mène au salon.

– Bonjour Zoé !

– Bonjour madame, bonjour monsieur. Merci encore de m'accueillir pour les vacances. Ma mère avait vraiment peur que je me retrouve toute seule à Paris cette année. Attendez, d'ailleurs… commence Zoé tout en posant sa valise et en l'ouvrant là, en plein milieu de l'entrée. Voici un cadeau de notre part, finit-elle en leur tendant une bouteille de vin et une boîte de chocolats fourrés au beurre de cacahuète. Bon, ce ne sont pas les cadeaux de Noël, juste un petit quelque chose pour vous remercier. Ma mère m'a envoyé les chocolats des États-Unis, j'espère qu'ils vous plairont.

– Merci, c'est très gentil de votre part. Nous sommes vraiment ravis de t'accueillir. Et appelle-nous Vincent et Mélodie, je t'en prie.

– Trop chouette, merci Mélodie, répond alors Zoé qui a déjà adopté son prénom sans gêne.

– Nicolaaaas ! Viens dire bonjour à Zoé !

Alors que Zoé referme sa valise, une porte claque à l'étage. Puis, lentement mais sûrement, Nicolas se joint à la petite réunion dans l'entrée et salue Zoé.

– Alors c'est donc toi, le fameux frère Post-its voleur de chocolats de l'Avent ?

– Eh bien, je vois que ma réputation me précède, répond Nicolas sans se laisser démonter. Et je suppose que c'est donc toi la tornade américaine qui dévergonde Mamie Lucette ?

– Mamie Lucette ? Tiens donc… dit Zoé avec un regard rieur vers Luce, qui prend soudain conscience du duo dévastateur que forment ces deux-là.

Puis, se tournant de nouveau vers Nicolas, Zoé rétorque :

– Alors, je ne suis qu'à moitié Américaine et je ne sais pas si j'aurais employé le verbe « dévergonder », mais sinon oui, c'est bien moi…

Zoé est tout sourire face à Nicolas, qui semble très heureux de rencontrer l'amie de sa sœur.

– Bon, on va te laisser t'installer. Luce va te montrer ta chambre. Et surtout, si tu as besoin de quoi que ce soit, tu n'hésites pas, nous ne sommes pas loin, dit Mélodie.

Luce entraîne Zoé et sa valise jusqu'à l'étage. Après avoir rapidement présenté les premières pièces, Luce entre dans la chambre d'amis aménagée spécialement pour recevoir Zoé ces deux prochaines semaines. Suivant les deux jeunes filles dans la pièce, je m'amuse de voir comment, chacun à sa manière, ils ont arrangé la décoration. On y retrouve la touche de Mélodie à travers les jolis draps soigneusement sélectionnés et le petit bouquet de fleurs installé sur le bureau. On y retrouve également la touche de Luce, qui a rempli les étagères de romances de Noël. La touche de Vincent se résume à une petite chaîne Hi-fi pour que Zoé puisse écouter sa musique. Quant à la touche de Nicolas, elle se résume à des Post-it éparpillés un peu partout dans la pièce avec recommandations et autres conseils pour que la cohabitation se passe au mieux. Sur la chaîne Hi-fi, le Post-it déclare : « Merci de ne pas m'allumer avant 10 heures le matin, et de ne jamais excéder le volume de 4 afin de ne pas déranger mon voisin. Merci également de ne jamais, au grand jamais, me faire jouer de Mariah, Lara, Ariana, Selena, Gaga, Christina, Madonna, ou toute autre chanteuse en A. Nous ferons une exception pour Sia… » Sur le bouquet de fleurs : « Merci de bien changer mon eau tous les deux jours afin qu'aucune odeur nauséabonde ne vienne envahir l'étage. » Sur les romances de Noël, on peut lire ce Post-it : « Si un jour tu en as marre de ces livres à l'eau de rose et que tu veux lire un vrai bon roman, va donc voir Nicolas. Lui seul possède une bibliothèque sans aucun navet dans ses étagères ! » Enfin, sur le lit, le dernier

Post-it annonce : « Si tu es une ronfleuse, merci de ne jamais t'endormir avant ton voisin afin de lui laisser le temps d'échapper à ce désagrément ! Cordialement. »

– Ha, ha ! J'adore déjà ton petit frère ! s'exclame Zoé en découvrant l'ensemble des messages.

– On en reparle après deux semaines avec lui ! Tu n'auras peut-être plus le même discours !

– Je suis tellement contente d'être ici ! soupire Zoé en se laissant tomber en arrière sur le lit.

– Et moi donc ! Tellement hâte qu'on se lance dans les préparatifs de Noël ! Je t'ai prévu un programme aux petits oignons !

– *Yeeessss !* Alors dis, quand est-ce qu'on commence ?

– Demain ! Mission biscuits de Noël ! On ira faire les courses cet après-midi. Lundi, je nous ai prévu une soirée films de Noël sous le plaid, avec chocolat chaud aux chamallows. On ira aussi faire un tour sur le marché de Noël durant la semaine. *Of course*, il faudra qu'on aille chez Marius faire une pause goûter bien méritée. Sortie patinoire obligatoire…

– Woh, woh ! En effet, c'est un sacré programme ! Mais dis-moi, il manque quelqu'un dans tout ça !

– Comment ça ?

Zoé regarde Luce, le regard blasé, en disant :

– *Think, girl. Think really hard…*

Luce semble perdue.

– Noah ! révèle Zoé. Quand est-ce que je vais rencontrer ton Noah avec tout ça ?

– C'est pas mon Noah ! rétorque aussitôt Luce.

– Ah ben, c'est pas le mien, ça c'est sûr !

– C'est juste Noah, OK ?

– OK, OK ! Bon, je le rencontre quand alors ?

– Ben… je sais pas, moi.

– Comment ça, tu ne sais pas ? Tu n'as pas organisé ça dans tout ton programme ?

– Ben non.

– Ben non ? Tu n'as même pas pensé à l'inviter une seule fois ?

– Ben non.

– Attention, tu vas te transformer en perroquet. Ah là là ! tu n'es pas croyable ! Tu rencontres enfin quelqu'un d'intéressant et tu ne penses même pas à me le présenter !

– Hé ! Comment ça, je rencontre enfin quelqu'un d'intéressant ? Je t'ai déjà présenté des gens intéressants !

– Oui, bon, mais pas intéressant dans le sens romantique, lui dit Zoé en prenant un air d'intrigante.

Là, je ne peux pas m'empêcher de ne pas être tout à fait d'accord avec Zoé… Même si ne je suis pas encore à 100 % sûre de moi.

Luce roule des yeux sans répondre.

– Bon, je t'accorde aujourd'hui parce que c'est ma première journée ici, mais je te préviens, demain, tu as intérêt à trouver un moyen d'organiser cette rencontre, sinon je ne vais pas arrêter de te saouler avec ça ! continue Zoé.

– Ah ça ! te connaissant, je veux bien te croire ! OK, OK ! je verrai ce que je peux faire.

Le lendemain matin, Luce n'a pas levé le petit doigt concernant Noah. Après le déjeuner, toujours aucune nouvelle non plus, et je vois Zoé trépigner, même si elle n'en montre encore trop rien. Je comprends, moi, que le sujet qui l'intéresse vraiment, c'est celui que Luce évite d'évoquer. Je ne sais vraiment pas pourquoi, d'ailleurs. Elle lui a pourtant raconté toutes ses rencontres avec Noah par téléphone ; elle n'a donc jamais eu peur de parler de lui. Pourtant elle semble désormais rechigner à les faire se rencontrer. De quoi a-t-elle donc peur ? Que la lumineuse Zoé lui fasse de l'ombre ? Que Zoé ne l'aime pas ? Moi-même, j'ai un peu de mal à la déchiffrer, là. Alors qu'elles se lancent dans la préparation des biscuits de Noël, le sujet semble avoir été définitivement mis de côté. Et comment ! Elles sont bien trop concentrées sur leur tâche. Bientôt, la cuisine est un véritable capharnaüm ! Le plan de travail est recouvert de pâte, de farine, de coquilles d'œufs et de papier sulfurisé. Dans un coin, un tas d'emporte-pièces attend sagement son tour. Zoé se met à souffler de la farine à la figure de Luce en explosant de rire, alors que celle-ci était très concentrée sur l'étalage de la pâte. De mon coin de table, j'admire le timing parfait de Zoé. Luce relève une tête tout enfarinée lorsque la sonnerie de l'entrée retentit. Zoé, y voyant une bonne fuite pour éviter la vengeance de Luce, se précipite dans l'entrée pour aller ouvrir la porte.

– Bonjour, je cherche Luce.

Restée dans la cuisine avec Luce, je la vois écarquiller les yeux en reconnaissant la voix de Noah. Oubliant tout à coup qu'elle a la tête pleine de farine, elle se précipite à la porte où déjà lui parvient la réponse de Zoé la perspicace.

– Noah ? Oh là là ! je suis trop contente de te rencontrer. Moi, c'est Zoé, la meilleure amie de Luce !

– Enchanté, Zoé ! Heureux de voir qu'elle t'a parlé de moi, répond Noah avec un grand sourire alors que Luce arrive enfin jusqu'à eux. Salut, Luce ! Ah ! je vois que vous étiez en pleine activité cuisine, s'exclame-t-il en faisant un geste vers sa joue enfarinée.

– Hein ? répond une Luce qui semble encore un peu troublée par la situation.

Zoé se tourne vers elle et gesticule pour lui faire comprendre qu'elle a de la farine sur le visage, mais la main de Noah atteint son objectif en premier et essuie tendrement la joue de Luce.

– Oh ! dit alors Luce, toujours aussi éloquente, tout en s'essuyant le reste du visage avec la manche.

– J'étais passé pour savoir si tu voulais m'accompagner chez Marius. Je voudrais lui présenter ma nouvelle fournée de florentins, mais tu es déjà bien occupée et en bonne compagnie, je vais vous laisser.

– Mais non, voyons, ne dis pas de bêtise ! s'exclame aussitôt Zoé. Tu es expert en cuisine, non ?

Un grand sourire se dessine sur le visage de Noah : il comprend que Luce n'a pas fait que l'évoquer vaguement à son amie.

– Tu ne peux pas nous laisser faire ces biscuits de Noël seules, voyons ! Tu iras chez Marius plus tard. Là, on a besoin de toi ! dit Zoé.

– Euh… eh bien… je ne veux pas m'imposer, murmure Noah.

Puis, se tournant vers Luce, il ajoute :

– Sauf si, Luce, ça te dit que je te montre une recette familiale ?

– Carrément ! répond Zoé, enthousiaste.

Noah ne fait aucun geste, mais insiste pour avoir l'accord de Luce.

– Luce ?

Bon, ma jolie, ce serait le moment de dire quelque chose, là !

Luce regarde Zoé, puis Noah, et retrouve enfin une expression plus naturelle.

– Oui, bien sûr ! Après tout, tu m'as vue derrière mon appareil photo, à mon tour de te découvrir derrière les fourneaux.

Noah entre dans la maison, et les filles le guident jusqu'à la cuisine… ou du moins, ce qui y ressemble encore un peu…

– Houla ! Il était temps que j'arrive ! Mais comment vous avez réussi à cuisiner dans tout ce bazar ?

– Le talent, que veux-tu, s'exclame Luce avec malice.

– On va quand même faire du rangement avant de continuer, hein !

– Ah ! Rabat-joie ! Finalement, on n'aurait peut-être pas dû l'inviter, dit Zoé en se tournant vers son amie.

Luce arbore le petit sourire de quelqu'un qui prépare une blague et qui en est déjà fière. Sa main remplie de farine, elle se poste devant Noah et sans crier gare, se met à souffler la farine directement sur le visage du jeune homme, qui devient plus blanc que neige. Les deux filles rient aux éclats.

– Alors toi, tu ne perds vraiment rien pour attendre !

Oubliant toute volonté de faire du ménage, Noah se venge aussitôt en attrapant Luce d'une main pour éviter qu'elle ne s'enfuie, et de la farine de l'autre pour en souffler à son tour.

La bataille est lancée, et les deux filles se liguent contre Noah. Quant à moi, je tente d'éviter tout projectile, même si c'est davantage par pur réflexe que par vraie nécessité.

Au bout de cinq minutes, Noah lève les bras et annonce :

– OK ! Je me rends ! Et si on utilisait enfin cette farine pour cuisiner ?

– Ah bon ? ce n'est pas son destin de finir sur ta tête ? Ça te donne pourtant un teint… tout à fait intéressant ! s'amuse Zoé.

– Oh, merci ! lui répond Noah en jouant vaguement les mannequins. Bon, je vois que vous aviez commencé une belle pâte. Vous aviez prévu d'en faire quoi ?

– Hmmm… Laisse-moi réfléchir… des emporte-pièces par ici… du glaçage par là… c'est bientôt Noël… Cette pâte, c'est bien sûr pour faire un énorme œuf de Pâques ! s'esclaffe Luce.

– Ha, ha ! très drôle. J'ai bien compris qu'il s'agit de biscuits de Noël, mais vous les faites à quoi ?

– Comment ça, à quoi ? C'est juste des biscuits.

– Ah ! je vois… Je vous laisse donc vous occuper de cette pâte, et je vais en faire une deuxième à ma façon.

– OK, c'est parti !

Luce et Zoé, afin de faire un peu de place à Noah, rangent tout ce dont elles n'ont plus besoin, ne gardant que les plaques de cuisson, la pâte à moitié étalée, les emporte-pièces et les stylos de glaçage. Noah, de son côté, commence à aligner tous les ingrédients nécessaires à sa préparation et demande à Luce ceux qui pourraient lui manquer. Lorsque Luce ne trouve pas l'ingrédient demandé, Noah s'arrange avec un remplaçant. L'atmosphère passe d'une joyeuse débandade à une concentration paisible. Les biscuits prennent de plus en plus forme sous les mains de Luce et Zoé, et les fournées s'enchaînent. Du côté de Noah, trois boules de pâtes se colorent chacune différemment : l'une prend une jolie teinte auburn avec l'ajout de la cannelle, une autre reste assez neutre malgré l'ajout du citron, et la troisième est toute dorée grâce à l'ajout de miel et d'écorces d'orange.

J'admire cette tradition des sablés de Noël que je n'ai jamais connue. Ma mère n'a pas été très bonne cuisinière. Chez nous, préparer Noël se limitait à la création de guirlandes en tous genres. Ah, pour ça, on pouvait y passer des heures ! Mais les biscuits de Noël, je ne les connais qu'à travers les films américains.

Quand Noah étale la première, Luce le rejoint pour donner forme aux biscuits avec lui. Zoé reste de son côté et surveille la cuisson des premières fournées, tout en jetant des coups d'œil appuyés vers Noah et Luce. Elle finit par sortir des biscuits tous dorés du four, qu'elle dépose avec les autres afin qu'ils refroidissent un peu avant de passer à la phase décoration. Luce lui tend une nouvelle fournée puis retourne auprès de Noah.

– Et si on se mettait un peu de musique ? lance Zoé.

– Oh oui, bonne idée ! répond aussitôt Luce, enthousiaste.

– OK, je vais chercher ton enceinte, je reviens ! dit Zoé, laissant Noah et Luce en tête à tête.

Elle est futée, cette petite Zoé ! Je suis sûre qu'elle ne compte pas revenir de sitôt… Et en effet, après plus de cinq minutes, toujours aucun signe d'elle ou de l'enceinte. Pour autant, cela ne semble perturber ni Noah ni Luce, à la fois concentrés sur leur tâche et sur leur conversation. Luce veut tout savoir sur cette fameuse recette familiale de Noah. Même moi, je serais tentée de rejoindre Zoé.

Finalement, ce n'est pas Zoé qui finit par les interrompre.

– Rooose ! Y a Jack qui n'arrête pas de t'appeler ! crie Nicolas d'un ton mielleux en débarquant dans la cuisine.

Il s'arrête net en découvrant Noah à côté de sa sœur, dont les joues sont instantanément devenues écrevisse. Nicolas fait glisser le téléphone jusqu'à Luce et s'éclipse, conscient de sa gaffe malheureuse.

– Jack ? demande Noah. C'est ton petit ami ?

Oh non ! Luce, regarde ton téléphone avant de répondre n'importe quoi, s'il te plaît !

– Pas du tout, s'empresse de répondre Luce, qui ne m'entend pas, bien entendu. C'est juste un gars que j'ai rencontré par hasard, à Paris. Ne fais pas attention à ce que raconte mon idiot de frère.

Ah ! si seulement j'avais trouvé un moyen de communiquer avec elle, la situation ne serait pas aussi embarrassante. Car au moment où elle récupère son téléphone, elle comprend que son frère avait décroché pour elle et que Jack vient de raccrocher. Qu'est-ce qu'elle vient de dire ! Dans ses yeux, je peux lire un éventail d'émotions : tristesse, malaise, honte et colère. Mais la présence de Noah canalise ce torrent d'émotions. D'autant plus avec ce qu'ils viennent de partager. Se concentrer sur Noah, voilà ce que devrait faire Luce. Oublier la boule qui se forme peu à peu dans son ventre et plonger dans le sourire doux du jeune homme à ses côtés.

Quelques heures plus tard, des tas de biscuits décorés sont répartis dans diverses boîtes en fer. Luce, Zoé (revenue de sa sieste en oubliant finalement d'apporter l'enceinte) et Noah admirent leur travail, satisfaits.

– Eh bien ! ça, ce sont de belles fournées ! s'exclame Luce.

– Vous avez largement de quoi tenir jusqu'à Noël avec tout ça ! dit Noah.

– Je ne dirais pas « largement »... assure Zoé.

– Tiens, Noah, dit Luce en lui tendant une boîte pleine de biscuits. Tu ne pouvais pas repartir les mains vides après nous avoir tant aidées ! Tu pourras partager avec Marianne et tes parents.

– Oh ! merci, c'est gentil !

– Je te raccompagne, dit-elle ensuite en s'engageant vers l'entrée.

Zoé reste dans la cuisine en faisant mine de se mettre à tout nettoyer.

– Salut, Noah ! Ravie d'avoir fait ta connaissance, lance-t-elle avec un geste de la main.

– À bientôt ! répond Noah avant de rejoindre Luce dans l'entrée.

– Hé ! désolée : on t'a empêché d'aller voir Marius, du coup, s'excuse Luce.

– Oh ! ne t'en fais pas, on trouvera bien un autre moment.

– On a justement prévu d'aller le voir cette semaine avec Zoé, si tu veux te joindre à nous, je te dirai quand on organise ça.

– Parfait !

Sur le pas de la porte, Noah s'arrête et se retourne soudain vers Luce.

– Tu fais quelque chose demain soir ?

– Euh… ben, je serai avec Zoé. Pourquoi ?

– Si je t'invite pour le dîner et la soirée… sans Zoé, se sent-il obligé d'ajouter. Est-ce que tu accepterais de sortir avec moi ?

Luce, prise au dépourvu, n'a pas trop le temps de réfléchir, et sentant sûrement qu'une soirée films romantiques avec Zoé n'est pas une excuse valable, accepte rapidement.

Ce n'est qu'une fois la porte refermée qu'elle prend conscience de ce qu'il vient de se passer.

Zoé la retrouve appuyée contre la porte, interdite.

– Luce ? Tout va bien ?

– Je crois que je viens d'accepter un *date*…

– Aaaaah ! Trop bien !

Prête à faire mille pronostics sur ce rendez-vous à venir, Zoé est coupée en plein élan par Luce. Elle vient de se rendre compte que Jack l'a en effet appelée plusieurs fois avant que son frère ne lui apporte son téléphone. Laissant Zoé dans sa chambre, elle s'éclipse pour le rappeler. Jack décroche au bout de la quatrième sonnerie, sans rien dire.

– Salut, Jack, pardon pour ce que tu as entendu tout à l'heure. J'ai paniqué, je ne voulais pas que Noah croie que j'ai un petit ami dont je ne lui ai jamais parlé, dit-elle dans un souffle.

Oh ! ma Luce, pourquoi ne t'ai-je pas mieux appris à régler les malentendus. Tu t'enfonces, là !

– Je ne pensais pas être « juste un gars rencontré par hasard », mais au moins les choses sont claires maintenant. T'en fais pas.

Luce ne semble qu'à moitié soulagée que Jack prenne les choses ainsi.

– Si je t'ai appelée, enchaîne Jack en changeant de sujet, c'est parce que j'avais une bonne nouvelle à t'annoncer. Tu as été sélectionnée pour le concours de la photographie monochrome !

Luce ne répond rien. Je la vois bouillonner intérieurement. Son embarras, encore présent trente secondes plus tôt, a fait place à une rage sourde. Elle est muette de colère.

– OK… ce n'est pas la réaction à laquelle je m'attendais… dit la voix de Jack dans le combiné.

– Tu as proposé mes photos ? Sans mon accord ?

– Attends, c'est toi qui parlais tout le temps de ce concours avec des étoiles dans les yeux. Tu ne vas pas me dire maintenant que tu n'es pas contente d'être sélectionnée ?

– TU as proposé MES photos, Jack ! articule Luce. De quel droit tu as fait ça ? Tu m'as volé l'initiative de me lancer !

– Ah, parce que tu avais prévu de le faire, peut-être ? Arrête, tu n'en aurais jamais eu le courage ! Et moi, j'en avais marre de te voir gâcher ce talent de dingue. Tu ne peux pas toujours rester dans l'ombre comme ça !

– Je ne suis pas une de tes actrices que tu dois mettre en lumière, OK ? C'est ma vie ! On n'est pas dans un film. Tu n'as aucun droit de prendre des décisions à ma place.

– Encore une fois, cette décision en l'occurrence, l'aurais-tu prise un jour ?

Un silence de plomb s'installe entre eux, mais aucun n'ose raccrocher.

– Écoute, je suis désolé que tu le prennes comme ça, finit par dire Jack. En tout cas, sache que si tu décides de poursuivre le concours, tu as rendez-vous avec le jury le 20 décembre prochain à 11 heures pour leur présenter tes photos.

Jack finit par raccrocher. La rage continue à bouillir dans la tête de Luce. Encore sous le choc de ce qu'elle voit comme une trahison, elle ne peut même pas se réjouir de la bonne nouvelle que Jack lui a apportée. En cet instant précis, j'aimerais tellement qu'elle puisse me voir, m'entendre, pour l'aider, la conseiller. Mais tout ce que je peux faire aujourd'hui, c'est lui murmurer qu'un jour elle comprendra à quel point ce qu'a fait Jack est une preuve de son affection pour elle, pas une trahison. Les amis qui nous poussent à faire éclore nos talents sont trop rares pour qu'elle laisse passer celui-là.

Chapitre 13

Pretty Woman

Zoé est une vraie Cocotte-Minute ! Elle n'a qu'une idée en tête : préparer Luce pour son rendez-vous. Elle l'a d'ailleurs embarquée pour une virée shopping qui ne semble ravir qu'elle. Luce, elle, a l'esprit ailleurs. Je sens que sa conversation avec Jack l'a bien remuée et qu'elle n'arrive pas à faire retomber sa colère. Elle s'est d'ailleurs épanchée sur le sujet auprès de Zoé, ce qui n'a fait que motiver celle-ci davantage à faire en sorte que Luce pense à autre chose !

– Tiens, regarde, ces boucles en or sont parfaites ! Cette petite touche de rouge au bout fera un rappel avec ta robe, c'est exactement la même couleur, dit Zoé en faisant référence à la fameuse robe rapportée de Paris.

– Mais je n'ai jamais dit que je la mettrais !

– Ah non, hein ! Cette robe, c'est la tenue parfaite ! Et je ne veux pas l'avoir apportée pour rien ! Ne t'en fais pas, on va l'accessoiriser pour que tu sois à l'aise dedans. Fais-moi confiance. Tu me connais, voyons !

– Oui, justement, c'est bien ça qui me fait peur…

– Bon, ces boucles alors, madame la rabat-joie. Tu en dis quoi ?

Devant le miroir de la boutique, Luce place les boucles à ses oreilles, et je ne peux que valider le choix de Zoé. Cette fille a non seulement du goût, mais elle arrive à trouver ce qui met en valeur Luce.

– J'en dis que…

Je sens que Luce hésite entre émettre un commentaire qui agacera Zoé, ou exprimer le fond de sa pensée. Finalement, elle opte pour cette seconde option.

– Elles sont vraiment très chouettes !

– Génial ! Allez, prochaine étape : les collants et les chaussures ! Non parce que je refuse que tu gâches ta tenue avec tes grosses bottes fourrées !

Zoé se dirige aussitôt vers le comptoir pour payer les boucles d'oreille. Lorsque Luce sort son porte-monnaie, elle l'en empêche : elle a très envie de lui offrir une partie de sa tenue pour son premier rendez-vous avec Noah. Luce ne peut rien dire face à une Zoé si déterminée. Je les attends en flânant un peu dans les rayons. J'ai toujours été fascinée par la créativité des bijoutiers. Il y en a vraiment pour tous les goûts. Colorés, sobres, alliant l'or ou l'argent à toutes sortes de pierres, de pompons, de plumes ou que sais-je encore. Pendant un temps je m'étais mise à confectionner des boucles d'oreilles en origami. J'étais assez fière du résultat. J'avais offert une paire de petits papillons dans les tons bleu-vert à Luce pour son douzième anniversaire. D'après Mélodie, elle les avait ensuite portées tous les jours pendant plus d'un mois !

Une fois ressorties de la boutique, elles se dirigent vers une autre, bras dessus bras dessous.

– Bon, en revanche, pour les chaussures, pas de talons s'il te plaît !

– Oui, oui, je sais. Tu veux être à l'aise ! J'ai compris. Les talons, je les réserve pour votre mariage !

– Ha, ha ! c'est ça, amuse-toi ! Mais ne va pas trop vite ! Je ne sais déjà pas comment vont se passer les choses demain, donc on va se calmer OK ?

– Elles vont très bien se passer, ne t'inquiète pas ! On parle de Noah, là.

– Oui… et de moi aussi… C'est plutôt cette partie de l'équation qui me fait peur…

– Rooh, mais non. Avec une bonne préparation, tout se passera bien !

Luce semble moins convaincue que Zoé.

Après avoir essayé au moins dix paires de chaussures sous l'œil critique de Zoé et sous mon œil amusé, les deux filles ressortent enfin de la boutique avec de jolies bottines noires, à la fois élégantes et assez sobres pour que Luce accepte de les acheter. Dernier arrêt prévu : les collants. Alors qu'elles se baladent dans les couloirs du centre commercial, en pleine discussion, moi sur leurs talons, l'œil de Luce tombe soudain sur un jeune garçon, un appareil photo tout neuf autour du cou, en train de capturer tout ce qu'il peut autour de lui. Sa main se dirige vers cet endroit sous la poitrine où se trouve habituellement son propre appareil photo lors de ses balades. Zoé est en pleine séance de coaching « rendez-vous parfait » et ne voit pas qu'elle a perdu l'attention de Luce. Dans la passion que dégage cet enfant, je revois la petite Luce qui venait ici avec ses parents pour faire développer sa toute première pellicule. À l'époque, Vincent et Mélodie étaient aussi excités qu'elle à l'idée de découvrir les premières photos de leur fille. Face aux nombreux clichés flous, ils avaient opté pour la même réaction que tous les parents ébahis devant les premiers dessins de leur progéniture. Aussitôt les photos développées et une nouvelle pellicule achetée, Luce s'était remise à croquer la vie autour d'elle. Et dans un centre commercial… ce n'est pas cela qui manque ! Après d'autres courses dans le centre, ils avaient dû repasser par la boutique afin d'acheter une nouvelle pellicule, puisque leur fille venait d'épuiser presque entièrement la précédente.

Aujourd'hui, dans les yeux de Luce, ce souvenir prend une teinte mélancolique, qu'une pointe d'espoir déçu et de colère vient ternir. « Arrête, tu n'en aurais jamais eu le courage ! » Les mots de Jack résonnent en elle. Quand a-t-elle effectivement perdu ce courage de partager sa passion avec ses parents, de leur montrer ses photos avec la même fierté que cette petite fille de huit ans ? « J'en avais marre de te voir gâcher ce talent de dingue. » Toute sa colère d'hier soir remonte à la surface. Zoé sent la tension qui s'est emparée de son amie, elle se tait et suit le regard de Luce pour voir ce qui a capté son attention. Elle comprend vite la situation et décide d'enchaîner.

– Hey, Luce ! Pour le collant, je me suis dit qu'on pouvait essayer d'en trouver un avec des cœurs dessus. Tu en dis quoi ? Top, non ?

En entendant les mots « collants » et « cœurs » dans la même phrase, Luce se détache enfin de la vision du petit garçon, ses yeux se posent sur Zoé et lui lancent des éclairs.

– Ah non ! Alors ça, non ! De toutes tes idées farfelues, celle-ci est bien la plus *cheesy*[1] ! Je veux bien me les cailler dans un collant à motifs, mais je refuse les petits cœurs kitsch, ok ?

Bien joué, Zoé ! Ton plan a remarquablement fonctionné. Zoé entraîne son amie, en mettant son bras sous le sien. Je l'imite, de l'autre côté de Luce, complétant ainsi la barrière protectrice autour d'elle…

Moins d'une heure plus tard, Luce et Zoé sont de retour dans la voiture, les sacs jetés en vrac sur la banquette arrière – heureusement pour moi, je ne prends plus beaucoup de place, je me

1. Ringarde.

suis donc calée entre deux achats. Tous en sirotant son *Gingerbread latte* à grands bruits, Zoé récupère la boisson de Luce qui prend place derrière le volant. C'est parti pour trente minutes de karaoké ininterrompu ! La playlist de Noël que crache l'autoradio est presque entièrement couverte par les voix des filles qui chantent à tue-tête. Je découvre la voix juste et puissante de Zoé. Cette fille sait vraiment chanter, ma parole ! Elle atteint les notes les plus aiguës des chansons, et dans ces moments-là, Luce l'abandonne complètement.

– Tu n'as jamais pensé à faire carrière dans le chant ? Avec la voix que tu as, je suis sûre que tu déchirerais tout ! déclare Luce en plein milieu d'un *Mary Did You Know?* !

– Oh là, non, très peu pour moi. Quoi ? Ça veut pas dire que j'aime pas chanter, hein ! Non, c'est juste que c'est pas ce que j'ai envie de faire de mes journées. C'est pas parce que j'ai une belle voix… Oui, oui, je sais que j'ai une belle voix… t'es pas la première à me le dire… Mais c'est pas parce que j'ai une belle voix que je dois forcément être chanteuse.

– T'as même pas été un peu tentée ? Une fois dans ta vie ? Attends, toi qui adores être bien fringuée… me dis pas que tu n'as jamais été attirée par le spectacle, les tenues de scène, tout ça ?

– Hey, c'est quoi ce discours ? C'est pas parce que j'aime bien m'habiller que j'ai forcément envie d'être sous le feu des projecteurs. Heureusement pour nous, le bon goût vestimentaire n'est pas réservé aux célébrités ! Je dirais même qu'il y en a pour qui c'est carrément l'opposé, pouffe-t-elle.

– Ha, ha ! Pas faux !

– Non, et puis, j'aurais raté la chance de te connaître à l'école de traduction ?

– Ça, c'est sûr, j'aurais été bien perdue sans toi !

– Qui aurait été là pour t'éviter de te ridiculiser avec Noah, hein ? Ha, tu vois ! Meilleur choix de ma vie.

Et voilà Zoé relancée sur le sujet Noah.

En fin d'après-midi, environ deux bonnes heures avant l'arrivée de Noah, Zoé pousse Luce vers la douche en lui criant :

– Et tu te laves les cheveux, hein !

– Non, je me les suis lavés hier soir à cause de la farine ! Ça va, pas besoin.

– Si, si, fais ce que je te dis ! Je veux pouvoir te les coiffer comme il faut !

– Rooh ! mais tu t'en sortiras très bien avec ces cheveux-ci, t'en fais pas !

– Fais ce que je te dis, tu me remercieras après, crois-moi ! Et si tu le fais pas, je déboule sous la douche armée du shampoing !

C'est qu'elle est coriace, cette Zoé !

Pendant que la douche coule à côté, Zoé installe toutes les affaires de Luce sur son lit et transforme son coin bureau en véritable salon de coiffure. Elle déplace son miroir face à la chaise et étale sur le bureau le matériel de coiffure et de maquillage qu'elle a apporté dans ses valises. C'est qu'elle connaît bien notre Luce : elle sait qu'elle n'aurait jamais pu compter sur les affaires de son amie… Zoé s'affaire dans tous les sens, comment trouver un petit coin où m'installer ? Je finis en équilibre précaire sur l'une des poutres apparentes de la chambre. Zoé me donne déjà le tournis.

Lorsque Luce arrive dans sa chambre, une serviette enroulée autour du corps, c'est à peine si elle la reconnaît. Zoé l'accueille en tirant sa chaise et en l'invitant à s'y asseoir.

– Euh… je peux quand même m'habiller avant ?

– Non, non, première étape : le maquillage. Sinon, de la poudre pourrait tomber sur ta robe. Tu la mettras après.

– Bon, OK pour la robe si tu veux. De toute façon, je ne suis toujours pas sûre de la mettre, dit Luce en s'accrochant à sa serviette. Mais il fait froid, ici, je pourrais quand même enfiler un truc un peu plus chaud que ça, non ?

– Allez… file.

Luce farfouille deux minutes dans son placard et en sort un vieux pantalon de sport, un T-shirt et un gros pull chaud qu'elle enfile en vitesse sur ses sous-vêtements avant de venir s'installer.

Zoé arbore un sourire éblouissant : elle a enfin Luce entre ses mains. De son côté, Luce n'en mène pas large.

– Maquillage naturel, on est bien d'accord ?

– Oui, oui ! Fais-moi confiance !

Luce se laisse convaincre par la joie communicative de Zoé à jouer les maquilleuses. Elle se détend et profite des soins que lui applique Zoé avec douceur : lotion, sérum et crème avant de passer au maquillage. Pour une fois, très concentrée, Zoé ne parle pas beaucoup. Je sens les pensées de Luce dériver. Mais la soirée avec Noah semble le cadet de ses soucis. Ce sont encore les paroles de Jack qui reviennent cogner dans son esprit. Alors que les traits de son visage se tendent, Zoé retrouve toute son énergie pour parler de tout et de rien. Attentive, cette petite !

Une fois le teint entièrement mis en lumière, Zoé s'attaque aux yeux de Luce et lui applique une jolie couleur dorée avec des pointes de rose assez discrètes. L'effet naturel est bien respecté, tout en venant soutenir les yeux couleur noisette de Luce. La touche finale d'eye-liner vient peaufiner l'ensemble pour un résultat très réussi. Luce ne se maquille que rarement et toujours sobrement. Quel effet elle dégage, ainsi mise en beauté !

– Bon, la bouche, on fera plus tard. Au tour des cheveux, maintenant !

– Tu veux pas que je me les laisse détachés ? Vu qu'ils sont extrêmement propres… fait-elle avec un clin d'œil.

– Très drôle ! Non, je vais te faire un chignon déstructuré un peu lâche, comme ça on verra tes ondulations.

– Ça a l'air très conceptuel, ton truc…

– Mais non, t'inquiète.

Zoé s'attaque aux cheveux de Luce d'une main tout aussi assurée que pour le maquillage. Un quart d'heure et une bonne vingtaine de pinces plus tard, le chignon déstructuré est en place et de jolies mèches ondulées encadrent le visage de Luce de manière élégante.

Quelques pas en arrière, et Zoé admire son œuvre, l'air satisfait. Elle fixe le tout avec un coup de laque et laisse enfin Luce se mettre en tenue.

Je ne sais si c'est l'effet du maquillage et de la coiffure, mais Luce ne fait cette fois aucune réflexion sur la petite robe rouge qui l'attend sur son lit.

C'est devant le miroir en pied de la salle de bains, après avoir enfilé les boucles d'oreilles achetées l'après-midi même, que Luce s'observe en silence.

À ses côtés, Zoé trépigne. Elle attend impatiemment que son amie fasse un quelconque commentaire. Mais, pour une fois, Luce ne semble pas avoir envie d'être sarcastique.

Du moins, jusqu'à ce qu'elle dise enfin, un grand sourire rieur sur les lèvres :

– Tu crois que Noah va me reconnaître ?

Zoé se frappe le front avant de s'exclamer :

– Dès que tu ouvriras la bouche pour parler, oui, ne t'inquiète pas !

Chapitre 14

The Perfect Date

À 19 heures, les cloches de l'église se mêlent à la sonnette de l'entrée. Le moins qu'on puisse dire, c'est que ce garçon a le sens de la ponctualité ! Zoé et Luce échangent un regard silencieux. Dans les yeux de Zoé se déploie toute l'excitation de celle qui vit les événements par procuration. Dans ceux de Luce, c'est plutôt l'anxiété qui a pris place.

– Tout va bien se passer, dit patiemment Zoé, essayant de montrer son soutien face à l'expression craintive de Luce.

Chacune se dirige d'un côté de la pièce, l'une ramassant une petite pochette élégante et l'autre un tote bag déjà rempli. Lorsque Zoé découvre ce que tient Luce entre les mains, elle s'exclame aussitôt :

– Ah non ! Tu ne vas pas gâcher ta tenue avec ton gros tote bag dégueulasse ! Tu sors, ce soir, tu n'as besoin de rien qui ne tient pas dans cette pochette !

– Mais…

– Non, non, je ne veux rien entendre ! Donne-moi ça. Tiens, dit Zoé en tendant la pochette à Luce et en récupérant l'énorme tote bag pour le déposer sur le fauteuil déjà encombré. Non, mais sérieux, tu as mis quoi dans ce sac ? Il est super lourd !

Luce fait une moue innocente, ne répond rien et file dans les escaliers pour fuir les remarques de Zoé. De mon côté, je me dépêche de descendre le long de la rambarde afin d'arriver à côté de Noah et de pouvoir admirer son arrivée. Je l'imagine déjà, une main élégamment posée sur la rampe, glissant avec légèreté sur les marches pour arriver en bas telle une grande dame. Mais j'oubliais que j'avais affaire à Luce… Le pas rapide et précipité de sa fuite n'a rien de charismatique. Elle s'arrête tout de même à mi-parcours en voyant Noah dans le hall, à côté de Nicolas. Mais ses mains s'accrochent à son petit sac comme à une bouée de secours. Ma chère Luce, si tu voulais cacher ton anxiété, bravo, c'est… pas du tout l'attitude à adopter ! Soudain, comme si elle m'avait entendue, elle se détend légèrement et un petit sourire vient se glisser sur ses lèvres.

Noah, habituellement si à l'aise pour trouver les répliques idéales, reste muet de surprise. Arrivée à sa hauteur, c'est Luce qui prononce le premier mot :

– Bonsoir !

– Tu es sublime, souffle alors Noah presque dans un murmure, sans la quitter des yeux et en lui tendant le bouquet de camélias rouges qu'il tient à la main, comme si c'était un trésor.

– Tu n'es pas trop mal non plus, réplique Luce en faisant un signe vers son caban bleu marine et son écharpe en Cachemire.

Luce prend les fleurs en soufflant un rapide « Merci ! » avant de cacher la rougeur de ses joues en enfouissant son visage dans le bouquet pour en respirer le parfum.

J'aperçois Nicolas rouler des yeux à côté. Zoé, descendue silencieusement derrière Luce, doit sûrement s'inquiéter de la réaction de ce petit frère qu'elle connaît peu, car elle vient se placer à côté de lui, prête à le couper en cas d'intervention douteuse.

Pendant que Luce dépose le bouquet et se dirige vers le portemanteau, Noah salue Zoé.

– Bonsoir, Noah ! lui répond-elle.

Alors que Nicolas est sur le point de dire quelque chose, Zoé l'attrape par le bras et l'entraîne vers le salon en annonçant :

– Bon, on vous laisse, on a une soirée jeux qui nous attend, nous.

Nicolas la regarde, les yeux ronds.

– Prépare-toi à te faire écraser, mon vieux ! ajoute Zoé avec une moue goguenarde.

Luce, emmitouflée dans son manteau, ouvre la porte et demande à Noah :

– Alors, tu as prévu de m'emmener où ?

– Comme si j'allais te le dire, répond Noah du tac au tac.

– C'est pour savoir si je dois aller chercher mon matériel de patineuse débutante…

Noah a les yeux qui pétillent.

– Et risquer de gâcher cette merveilleuse tenue ?

– Non, tu as raison, Zoé me ferait la gueule pendant au moins dix ans !

Luce lui rend son sourire.

– Mademoiselle, déclare Noah en lui ouvrant la portière de la voiture garée devant le portail.

– Merci !

Et moi alors, pas de gentleman pour m'ouvrir la portière ? Ah ! si seulement on me voyait… Enfin, ils ne m'auraient sûrement pas laissé les accompagner, dans ce cas-là. C'est bon, je préfère finalement rester invisible et m'installer toute seule à l'arrière !

Après à peine cinq minutes de route, la voiture ralentit et se gare dans un parking à l'arrière d'un charmant petit restaurant à l'ambiance très romantique. À travers les vitres, on peut apercevoir les tables disposées à bonne distance les unes des autres, chacune agrémentée d'une bougie et d'un petit bouquet. La décoration des murs est à la fois sobre et élégante. Quelques étagères sur lesquelles sont posés deux ou trois livres anciens et des fleurs séchées. Le tout décoré de guirlandes lumineuses pour souligner cette période festive.

La serveuse qui les accueille chaleureusement les accompagne jusqu'à leur table, dans un coin calme du restaurant. Je me réjouis de voir qu'il s'agit d'un coin banquette. Non pas que rester debout ne me soit désagréable aujourd'hui, mais… les vieilles habitudes. Noah laisse à Luce le choix du siège, et celle-ci, avec un sourire amical, se dirige vers le coin banquette. Je repense aux conseils de Zoé : « S'il y a une banquette, surtout ne te fais pas avoir ! C'est bien plus élégant de s'asseoir sur une chaise. Crois-moi, se tortiller dans tous les sens pour arriver à poser ses fesses, ça n'a rien de classe ! En plus 99 % du temps, les banquettes, ça colle, et tu te retrouves avec la jupe au-dessus des fesses en te relevant. » Soit Luce n'a rien écouté lorsque sa meilleure amie lui offrait ses précieux conseils, soit l'appel du confort a finalement été plus fort. Connaissant ma filleule, il se peut même que ce soit un mélange des deux !

Noah s'installe face à Luce et relance la conversation de manière tout à fait détendue.

Mis à part leurs tenues et l'ambiance romantique du restaurant, on pourrait presque croire à une sortie entre amis qui se racontent leur vie en riant. J'en viens alors à me concentrer sur Noah pour déceler ses intentions et ses attentes. Après cinq bonnes minutes d'observation attentive, j'arrive à percevoir la somme des petits gestes tendres et maladroits qu'il cache derrière son apparente assurance. Même si Luce a accepté son invitation, il est encore plein de doutes. Luce est très douée pour masquer ce qu'elle ressent, et moi-même, je n'arrive pas à déchiffrer où son cœur et son esprit papillonnent. Elle a l'air de bien s'amuser, mais qu'attend-elle vraiment de Noah ? Sa nervosité vient-elle de sa peur de décevoir ou de l'envie de plaire ?

La serveuse arrive pour prendre leur commande, mais ils se rendent compte qu'ils n'ont même pas ouvert la carte. Sans montrer aucune marque d'impatience, elle note leurs boissons et repart pour leur laisser le temps de sélectionner la suite.

– Entrée-plat ou plat-dessert ? demande alors Noah. Ou même entrée-plat-dessert, si tu veux !

– Hmmm…

Luce semble hésiter. Puis ses yeux s'agrandissent, comme si une idée lumineuse venait de la frapper.

– Et si on ne prenait qu'un plat et qu'on allait prendre le dessert chez Marius ? Je ne peux pas résister à ses pâtisseries !

OK, pas une idée lumineuse, visiblement… Est-ce qu'elle se rend compte de la façon dont elle vient de balayer les plans de Noah en deux phrases ? Loin de se laisser démonter, Noah est plutôt intrigué.

– Tu as peur d'être déçue par les desserts de ce restaurant ?

Luce cherche ses mots.

– Heu, non… enfin… non… je ne voulais pas dire que…

Noah pose sa main sur la sienne d'un air bienveillant.

– Je ne lui ai pas encore apporté mes florentins. Impossible pour moi d'y aller ! Tu te souviens que j'ai été bien occupé, hier ?

– Oups… désolée ? dit alors Luce sans être bien certaine de vraiment l'être.

– Ha, ha ! ne le sois pas. C'était une très chouette distraction !

– Cuisiner l'est toujours pour toi, je me trompe ?

– Cuisiner ?… On peut dire ça… même si hier était différent, répond Noah en posant un regard appuyé sur Luce.

Luce m'exaspère. Elle fait semblant de ne pas comprendre, mais la teinte de ses joues ne trompe personne.

– Bon… plat-dessert alors, annonce-t-elle en plongeant le nez dans le menu. Enfin… je ne te force à rien ! Si tu préfères entrée-plat, ne te prive pas pour moi !

– Plat-dessert, c'est parfait.

Un quart d'heure plus tard, Luce et Noah sont de nouveau lancés dans un échange joyeux autour de leur famille et de leurs traditions de Noël. Au moment du dessert, une chose me frappe en particulier. C'est bien la première fois qu'aucun des deux ne se met à jouer un rôle. Comme si le temps des jeux de séduction était désormais derrière eux et qu'ils cherchaient maintenant si leurs caractères pouvaient s'accorder.

Mais en un rien de temps, cette belle alchimie s'écroule. Une lueur mélancolique passe dans les yeux de Luce lorsqu'elle voit entrer un couple dans la salle. L'homme est en train de retirer sa casquette et s'installe. Je ne sais pas si Noah a perçu le trouble passager de Luce, car il n'en montre aucun signe. Le couple s'est assis non loin d'eux, et jusqu'à la fin du repas, je sens Luce concentrée à garder son regard fixé sur Noah pour s'empêcher de jeter des coups d'œil à la table derrière lui et sur ce dos qui a des airs si familiers. Luce est ailleurs et affiche un sourire doux de façade.

Cela semble rendre Noah de plus en plus confiant.

Une fois leurs desserts entièrement engloutis, celui-ci déclare à Luce, comme sur le ton de la confidence :

– Prête pour la suite ?

– Ah ! parce qu'il y a une suite ?

– Tu ne vas pas te débarrasser de moi si rapidement !

– Non, pardon, ce n'est pas… Oui, je suis prête.

Pendant que Noah règle l'addition, Luce file rapidement aux toilettes en emportant sa pochette avec elle. Lorsqu'elle se retrouve devant le miroir surplombant le lavabo, son téléphone à la main, elle arbore un visage troublé. Son écran affiche une conversation ouverte. Une conversation, ou plutôt un monologue resté sans réponse.

Je ne peux pas te dire que je suis désolé d'avoir envoyé ton dossier, ce serait te mentir, et si je peux te cacher des choses, jamais je ne pourrai ouvertement te mentir. Non, je ne regrette pas mon geste. Je regrette seulement de ne pas avoir réussi à te convaincre de le faire toi-même.

Tu n'as jamais été une actrice à mes yeux. Je n'ai jamais rencontré quelqu'un d'aussi sincère et naturel.

Après tout ce temps passé ensemble, comment
peux-tu croire une seule seconde que je te vois comme
une des actrices que je ne fais que mettre en lumière ?

Tu sais quoi, aujourd'hui, on inverse ton calendrier
de l'Avent. De toute façon, vu ton silence, je sens que
tu ne m'enverras rien. À mon tour de te montrer
comment je te vois ; je te laisse écrire la légende…
c'est plus ton truc que le mien !

Sous le dernier message se trouve une sublime photo de Luce en noir et blanc, un œil derrière son appareil photo et son plus beau sourire sur les lèvres. Luce ne connaissait pas l'existence de ce cliché.

Elle ne décroche d'ailleurs pas son regard de cette vision avant d'avoir fini de se laver les mains. Puis elle reste fixée sur l'image très différente que lui renvoie le miroir. Ses pensées se bousculent derrière ses beaux yeux troublés.

Le brouhaha de la salle de restaurant la sort de ses réflexions. Elle finit par fermer son téléphone et rejoint Noah.

– Tout va bien ? lui demande celui-ci, une pointe d'inquiétude dans la voix. Je commençais à me demander si tu n'avais pas filé en douce par une porte dérobée.

– Jamais je ne pourrai te faire ça, voyons, répond calmement Luce, qui retrouve le sourire.

Un froid piquant les accueille quand ils sortent du restaurant. Je me dirige sans attendre vers la voiture.

– Nous ne sommes pas si loin du prochain lieu. On y va à pied ?

– Oui, très bien !

Au temps pour moi, allons-y à pied alors ! Après tout, ce n'est pas moi que ça dérange. Laissant derrière eux la voiture, Noah guide Luce dans les rues piétonnes. Et dire qu'il y a à peine deux semaines, les rôles étaient inversés. L'ironie de la situation semble frapper Luce, qui se met à glousser.

– Finalement, tu n'avais peut-être pas besoin de moi pour découvrir cette ville !

– Détrompe-toi. Tu es non seulement la meilleure des guides…

– Arrête, tu exagères !

Noah efface sa remarque d'un geste de la main et continue :

– … mais également la meilleure des motivations.

Gênée, Luce ne répond rien, alors Noah relance la conversation sur un tout autre terrain. Je reconnais le chemin qu'ils empruntent : celui qui mène au parc.

Lorsqu'ils arrivent dans les allées du marché de Noël, plus calmes qu'en pleine journée, Luce semble avoir oublié les messages de Jack, ou alors, encore une fois, elle joue très bien la comédie.

Près du stand de Joseph, ils le voient remballer ses affaires. En les apercevant, il s'arrête un instant, mimant deux pouces en l'air avec un clin d'œil appuyé. Comme pris d'une idée soudaine, Noah se dirige à pas rapides vers le sculpteur.

– Attends-moi là une seconde !

Leurs manigances durent quelques minutes. Luce aperçoit toutefois Joseph tendre une de ses sculptures à Noah.

En revenant près d'elle, il garde les mains derrière le dos.

– OK, tu veux un indice sur la suite de notre programme ?

– Ha, ha ! Monsieur Défi est de retour !

Puis elle tend ses mains, paumes ouvertes, devant elle.

Noah y dépose tendrement la petite sculpture de bois, profitant de l'occasion pour prolonger le contact de leurs doigts en refermant sa main.

Lorsque Luce la rouvre, elle y découvre une jolie décoration figurant une nuit étoilée. Elle lève instantanément la tête et voit, au milieu des branches d'arbre, le ciel parsemé d'étoiles vibrantes.

– Il y a un petit coin du parc idéal pour contempler les étoiles… si ça te dit.

– Si ça me dit ?

Une lueur joueuse s'allume dans les yeux de Luce.

– Et si je te dis que ça ne me dit pas… tu ferais quoi ?

– Eh bien… je serais très déçu, d'abord. Et puis… j'essaierais de te convaincre… enfin, sans te forcer, bien sûr ! Mais… tu ne vas pas dire que ça ne te dit pas, n'est-ce pas ?

– Hmmm !… Je serais presque tentée de le faire, rien que pour entendre tes arguments, mais… je ne veux perdre aucune minute de ce spectacle, finit par dire Luce.

– Ouf, alors, par ici !

Lorsque Noah s'arrête enfin, ils se trouvent en plein milieu d'une étendue d'herbe, loin des lumières du marché, et l'espace entre eux et le ciel est en effet complètement dégagé. Ils sont comme seuls au monde.

Luce, dans cette soudaine obscurité, murmure :

– Eh bien, maintenant c'est à moi de me demander si tu ne serais pas un serial killer déguisé en beau jeune homme…

Contrairement à Luce lors de leur rencontre, Noah ne laisse pas passer ce compliment détourné.

– Beau jeune homme, hein ? dit-il en se rapprochant un peu de Luce.

– Comme si tu ne le savais pas !

Noah se met à rire joyeusement face à la spontanéité retrouvée de Luce.

Luce, qui a certainement oublié la tenue qu'elle portait, s'assoit sans y penser dans l'herbe. Pourtant, sa robe étroite se rappelle à son souvenir tant elle est soudain inconfortable une fois Luce assise sur le sol. Elle s'allonge alors sans ménagement, le visage fixé vers le ciel. Noah l'imite, et ils se retrouvent l'un contre l'autre, leurs têtes se touchant presque.

Vigilante, je reste assise à proximité.

– Ça t'arrive souvent de contempler le ciel ? demande Luce.

– Non, pas si souvent, j'avoue. La contemplation, la méditation… c'est pas trop mon truc.

Luce se relève légèrement en se tournant vers Noah.

– Qu'est-ce qui t'a donné l'idée ce soir, alors ?

– Eh bien… je me suis dit que… enfin…

Il paraît soudain gêné. Après l'erreur des protections pour la patinoire, je comprends son malaise. Mais les mots finissent tout de même par sortir.

– Je me suis dit qu'en tant que phot… passionnée de photographie, et avec ton âme d'artiste, ça devait être ton truc à toi. Je me suis encore trompé ?

Luce sourit et repose sa tête.

– Non, tu ne t'es pas trompé cette fois.

– Ouf ! Deux erreurs, ça n'aurait pas pardonné !

Un silence paisible s'installe entre eux. Mais Noah reprend rapidement la parole.

– Tu penses à quoi ?

– À l'étrange créature que je vois en face de moi.

Noah tourne soudainement la tête et vérifie que le regard de Luce n'est pas tourné vers lui. Imperturbable, elle continue :

– On dirait un cerf, mais avec deux bosses sur le dos et une queue en forme de goutte.

– Euh… tu vois ça dans les étoiles ?

– Oui, regarde, répond-elle en pointant le ciel du doigt.

Puis, comprenant que Noah est un peu perdu, elle lui demande :

– Tu connais le jeu des nuages ?

– Celui où tu dois raconter une histoire selon la forme des nuages que tu vois dans le ciel ?

– Oui.

– Je n'ai jamais été vraiment doué pour ça. Mais oui, je connais.

– Eh bien… tu l'as déjà essayé avec des étoiles ?

– Alors ça, non, jamais. Mais j'ai l'impression que toi, oui.

Oui, en effet. Une fois. Avec Jack. Je m'en souviens, maintenant. Ils étaient sortis de Paris afin de pouvoir photographier le ciel sans être dérangés par les lumières de la ville. Finalement, ce qui devait être des photos d'ambiance avait fini par devenir les illustrations de véritables histoires. Luce arrivait très bien à donner forme aux étoiles pour créer des personnages et des créatures fantastiques, et Jack leur inventait mille et une aventures rocambolesques. Leurs deux esprits d'artiste combinés ne manquaient pas de panache, c'est le moins qu'on puisse dire.

– Alors, raconte-moi. Que t'inspirent les étoiles, ce soir ?

Luce, après un instant de silence, prend une voix de conteuse et commence :

– Elles m'inspirent l'histoire de cette femme face à l'homme à la lampe torche.

– Pardon de t'interrompre si tôt, mais… va falloir que tu m'aides à visualiser, là. Je te l'ai dit, je suis nul pour ça !

Luce pointe alors son doigt vers le ciel et trace le contour de ses personnages pour tenter de leur faire prendre vie dans l'esprit de Noah.

– Là, tu as l'homme avec sa lampe torche. Et là, en face, la femme. Tu vois ?

– Euh… Oui ?

– D'abord ils s'amusent, ils se sourient. Là, tu vois leurs sourires ?

– Mais pourquoi il a une lampe torche le gars ? Ça pouvait pas être un bouquet de camélias ?

– Attends, j'y viens ! Un bouquet de camélias ? Mais non, voyons, c'est pas du tout la même forme ! Donc, ils s'amusent, se rapprochent. Ils semblent vraiment bien s'entendre. Mais alors que la femme est désormais proche de l'homme, celui-ci lève sa lampe torche. La femme, éblouie, ne voit même plus l'ombre derrière la lumière. Elle s'énerve, mais l'homme s'obstine. Il ne veut pas baisser sa lampe, il cherche le bon angle pour éclairer la femme. Alors elle n'a plus d'autre moyen que de se détourner. Mais elle n'y voit pas plus clair. La lumière aveuglante de la lampe continue à brouiller sa vision.

Luce s'arrête aussi soudainement qu'elle s'est emballée dans son explication. Je ne peux m'empêcher d'être touchée par ses mots qui font écho à ses pensées tourmentées. Je découvre alors dans les yeux et dans le silence de Noah qu'il n'est pas dupe de ce que révèle véritablement cette histoire. Je vois ses doutes refaire surface dans son regard, dans les plis qui se forment sur son front, dans son sourire qui s'est affaissé. Non, cet homme, ce n'est pas lui. Et bien que cette histoire n'ait pas une fin heureuse, elle montre un attachement entre les deux personnages. Ils ne sont d'ailleurs que deux. Où est-il, l'homme au bouquet ? Noah, feignant l'assurance, murmure, comme pour lui-même :

– Tu vois, tout ça ne serait pas arrivé avec un bouquet de camélias !

– Non, ça c'est sûr ! s'exclame Luce.

Ils restent encore un instant allongés là sous les étoiles, mais malgré l'atmosphère romantique du paysage, une sorte de silence pesant s'est installé entre eux. Luce prend une photo du ciel, y fait quelques retouches et… l'envoie à Jack ! Drôle de façon de l'éloigner de ses pensées ! Décidément, le cerveau de Luce est bien embrouillé ce soir. Le silence s'éternise, le moment est passé. Ni Luce, ni Noah n'a envie de s'éterniser.

Sur le trajet du retour, Noah relance la conversation sur des sujets plus légers, à l'image de leur début de soirée. Arrivés devant la maison des Langlet, Noah se précipite dehors pour ouvrir la portière de Luce, qui se laisse glisser hors de la voiture et se retrouve face à Noah.

– Merci pour cette très bonne soirée, ça m'a fait du bien. Et désolée d'avoir plombé l'ambiance avec mon horrible histoire d'étoiles tout à l'heure.

– Une horrible histoire ? Quelle histoire ? ironise Noah pour ne pas perdre la face.

Luce esquisse un sourire.

– Merci à toi, pour cette merveilleuse soirée, dit-il alors avec un air beaucoup plus sérieux et le regard soudain intense.

Noah prend la main de Luce. Celle-ci lui sourit enfin franchement, et comme si c'était une invitation, Noah se penche, hésite un instant. Voyant que Luce ne fait pas le moindre geste pour se reculer, il termine son avancée et pose ses lèvres sur les siennes. Tout à leur baiser, aucun des deux ne voit un des rideaux bouger à l'étage, ni Zoé faire une danse de la joie derrière la vitre.

Ayant vécu toute la soirée avec eux, le doute s'installe en moi. Est-ce une belle histoire d'amour qui commence, comme le croit Zoé ? J'ai dû mal à y croire. Les cœurs de ces deux-là battent-ils au même tempo ?

Chapitre 15

Step Up

Le lendemain, c'est grasse matinée pour les deux jeunes filles. Zoé, étrangement calme depuis la veille au soir, ne pose aucune question à Luce. Comme si le baiser aperçu avait réussi à calmer son habituelle impatience. Ou bien laisse-t-elle le temps à Luce de redescendre de son nuage ?

Ce qu'elle ne sait pas, c'est que Luce est loin d'être sur un nuage. En rentrant, après la soirée, elle a envoyé une unique photo à Jack, celle des étoiles, sur laquelle elle a bien mis en évidence l'homme à la lampe torche et la femme qui lui tourne le dos. Puis elle a éteint son portable. Depuis, il reste noir, silencieux, comme mort, sur sa table de chevet.

Luce fait bonne figure auprès de Zoé, elle se montre joyeuse, souriante, et se concentre sur son envie de lui faire découvrir l'ambiance de Noël qu'elle aime tant. D'ailleurs, aujourd'hui, c'est marathon films de Noël ! Luce a bien prévenu toute sa famille qu'elle « privatisait » le salon pour qu'elles puissent enchaîner les films tout en gardant un accès rapide à la cuisine afin de ne jamais manquer de sucreries à se mettre sous la dent. Les plaids sont de sortie, le sapin scintille, accordant les décorations de la pièce avec celles des images qui défilent sur la télévision. Mélodie visionne le premier film avec elles, mais elle s'éclipse rapidement pour leur laisser plus d'intimité.

Zoé, très en forme, commente tous les gestes de l'actrice qui évolue à l'écran, et qu'elle ne semble clairement pas apprécier, lançant quelques perches par-ci, par-là pour savoir si les choses se sont passées de la même manière pour Luce et Noah. Mais Luce fait la sourde oreille. Zoé devra encore attendre avant de glaner quelques informations.

– Hmmm… là, tu vois ! s'exclame Zoé en plein milieu du deuxième film, alors qu'elle est en train de boire une gorgée de son chocolat aux chamallows. Ça, franchement, c'est pas *cute* du tout ! Non, mais sérieux… Regarde-la qui prend le serveur de haut ! Mais il ne lui a rien fait le pauvre gars !

Zoé se met à imiter l'actrice, qui en fait en effet un peu trop…

– J'espère que t'étais pas comme cette fille, hier, elle n'a rien compris celle-là !

Luce ne répond rien et fait plutôt mine d'être très concentrée sur le film, qui n'a pourtant rien de grandiose. Elles ont voulu découvrir l'un des nouveaux films de cette année ; elles auraient peut-être dû passer direct à leurs films fétiches.

D'ailleurs, je ne sais pas si Luce m'a entendue ou si elle s'est lassée des commentaires négatifs de Zoé, mais Luce finit par dire :

– Bon, il est vraiment nul celui-là, non ? On passe au suivant ?

– Quoi ? Tu ne veux pas la voir se ridiculiser au dessert ?

– Hmmm… non, pas vraiment…

– Bon OK, *next !*

Luce plonge alors vers la télécommande pour arrêter le massacre du film qui continue à dérouler ses platitudes sur l'écran. Elle cherche activement dans la liste de celui qui saura faire palpiter leurs petits cœurs de romantiques.

– Celui-là ! L'acteur a l'air pas mal. Vas-y, s'exclame Zoé.

– Tu ne veux pas savoir de quoi ça parle ?

– Non, on s'en fout, ils vont tomber amoureux de toute façon, pas de grandes révélations.

– Ha, ha ! OK. Et après on se demande pourquoi on choisit toujours les plus nuls ! Avec ta technique, pas étonnant.

Je n'ai pas forcément les mêmes critères que les filles concernant les films de Noël, mais dès le générique je peux voir que celui-ci a l'air de voler plus haut que le précédent. Pour autant, Zoé trouve toujours de quoi alimenter ses commentaires et continue à tendre des perches à Luce.

– Sérieux, comment vous faites pour enchaîner les romances de Noël ? s'écrie Nicolas en passant par là en plein milieu du film. Déjà qu'une, c'est dur, alors deux, ou trois ?

– Dit celui qui peut faire une nuit blanche pour s'enchaîner toutes les versions longues du *Seigneur des anneaux* ! rétorque sa sœur.

– Heu… rien à voir ! répond-il d'un ton choqué. Bon, je vous laisse à votre guimauve, bon aprèm !

Alors qu'il repart vers les escaliers, il lance dans son dos :

– Oh ! *spoiler alert* : ils s'embrassent à la fin !

– C'est déjà fait, ça ! répondent Luce et Zoé en chœur.

– Bon, ben ils se marieront alors !

Les filles se regardent et rient avant de retourner à leur écran.

Au bout de plus de trois heures, soit deux films et demi, le générique de la dernière romance visionnée défile encore sur l'écran, mais Zoé et Luce n'ont pas bougé le petit doigt pour l'éteindre. Elles sont allongées tête contre tête sur le canapé, le regard fixé sur le plafond, les jambes pendues dans le vide pour l'une, repliées sur elles-mêmes pour l'autre.

La table basse à côté d'elles est encombrée des restes de leur « goûter », exclusivement composé de biscuits de Noël, de chocolat chaud et de chamallows.

– Ah ! si la vie pouvait être aussi simple qu'un film ! lance alors Luce.

– Hum ! T'aurais pas rencontré récemment un mec canon, sympa et fou amoureux de toi ?

– Je sais… Alors pourquoi est-ce que je me sens comme ça, hein ? Pourquoi est-ce que je n'ai pas des papillons dans le ventre, pourquoi est-ce que je ne suis pas euphorique ? Sur un petit nuage ?

Zoé se redresse tout à coup et regarde Luce comme si elle la voyait vraiment pour la première fois depuis hier soir.

– Attends… tu nous fais quoi là ? T'es sérieuse ?

Face au silence de Luce, Zoé affiche un regard noir et hostile.

– Je vous ai vus vous embrasser, hier soir ! Tu ne vas pas me dire que tu l'as laissé t'embrasser alors que la soirée s'était mal passée, quand même ?

– Non, non, c'était une super soirée. Il m'a emmenée au restau, on a bien discuté, rigolé, raconte Luce avec un petit sourire en coin en repensant à leurs échanges de début de soirée. Et puis on est allés au parc et on s'est posés pour contempler les étoiles.

– Donc t'es en train de me dire que la soirée était parfaite, que Noah est le gars idéal… Je ne te comprends vraiment pas. Qu'est-ce qu'il te faut de plus, hein ? Il est parfait, ce gars ! Et tu vois pas comment il te dévore des yeux ?

Luce tressaille un instant, mais le ton de Zoé commence à l'agacer.

– Tu crois que je ne suis pas au courant ? Oui, il a toujours été parfait, je ne suis pas aveugle !

– Ben là, je me le demande vraiment, crois-moi ! Aveugle ou complètement débile…

– Arrête ! J'ai des doutes, c'est tout. Ils sont là, et j'y peux rien ! Noah, il est peut-être pas parfait pour moi, après tout !

– Pfff, c'est trop facile !

– Ça veut dire quoi, ça ?

– Arrête, fais pas l'innocente, j'ai bien compris comment tu fonctionnais, ma vieille. Tu te laisses toujours porter par les événements, tu ne te mouilles jamais, tu ne prends jamais aucune décision ! s'énerve Zoé en pointant un doigt rageur sur la poitrine de Luce.

Je sens que les choses vont dégénérer, et pour la première fois depuis que je ne suis plus vraiment sur Terre, je me sens complètement impuissante, spectatrice devant un bateau qui vient de percuter un iceberg.

– Hé ! Non mais ça sort d'où, ces accusations, là ?

– Tu te laisses toujours porter… pour tout. Douée pour les études ? Tu suis la voie dans laquelle tu excelles même si ça ne t'intéresse pas vraiment. Pas de mauvaise surprise. Tu as des amis fidèles ? Ben, impeccable, inutile d'essayer de s'en faire de nouveaux ! De toute façon, tu n'en serais pas capable, apparemment.

Woh, ma petite, je t'aimais bien jusque-là, mais fais gaffe à ce que tu dis quand même, tu es un peu dure !

– Un gars commence à s'intéresser à toi et à se montre hyper entreprenant ? Parfait ! Tu n'as plus qu'à suivre, encore une fois. Attends… redis-moi… Combien de fois tu as pris l'initiative avec Noah ? Je te le donne en mille : zéro ! Encore une fois, tu suis le mouvement sans jamais te mouiller !

Luce est devenue pâle, mais Zoé, que plus rien ne semble pouvoir arrêter, continue :

– Et puis soudain… Oups… le gars t'embrasse et tu commences à te poser des questions ? Ben tu sais quoi ? Il serait plus que temps, parce que si tu as vraiment des doutes alors que le gars est juste parfait, t'as pas le droit de jouer avec lui !

Dans les yeux de Luce, de grosses larmes commencent à se bousculer mais ne débordent pas encore, et elle reste silencieuse, les dents serrées. Sa mâchoire est si contractée que j'en ai mal pour elle.

– Tu sais quoi ? Jack, il a eu raison d'envoyer tes photos ! Au moins, il a pris une décision, lui, même si c'était pour ton avenir à toi. Mais non, bizarrement, pour une fois, tu n'arrives pas à acquiescer en souriant et tu t'offusques ! Mais j'ai ma petite théorie là-dessus : en fait, ça t'emmerde parce que tu es en colère contre toi. Tu sais que c'est toi qui aurais dû prendre cette décision. Mais t'en es pas capable !

Ça y est, des sillons se forment sur les joues de Luce, incapable de retenir ses larmes plus longtemps.

En voyant son amie dans cet état, Zoé la prend par les épaules avec douceur mais toujours aussi remontée.

– Laisse-moi te poser deux questions. Qu'est-ce qui te pousse à te lever le matin ? La perspective d'un texte incroyable à traduire ? Avec le challenge de respecter l'écrit d'origine tout en l'adaptant à notre culture française ? Ou la perspective de passer la journée derrière ton appareil photo ou sur des retouches ?

Derrière les mots de Zoé, on sent toute sa passion à elle pour la traduction, montrant par là que le problème n'est pas ce choix de carrière en tant que tel. Mais Luce reste impassible face à elle. La colère, le choc et la tristesse se mélangent dans ses larmes.

– Et pour tes amours. Visualise-les en train d'embrasser quelqu'un d'autre. Quelle vision te fait le plus mal ? Et ne fais pas la maligne avec moi. J'ai toujours espéré me tromper car je n'arrive pas à le déchiffrer, mais je sais très bien qu'il n'y a pas que Noah dans ton horizon ! Et n'essaye pas de nier !

À ce moment-là, Luce, aucunement prête à s'avouer quoi que ce soit ni à encaisser plus longtemps les paroles de Zoé, se lève brusquement et, sans un regard en arrière, attrape son manteau et claque la porte de la maison derrière elle.

Ce n'est qu'une fois dehors qu'elle se rend compte qu'elle expose ses larmes au monde extérieur. Elle rabat sa capuche sur sa tête, regarde ses pieds et file à l'opposé du centre-ville, là où les habitations se font plus rares et où elle pourra être seule. Marcher lui fera du bien.

Chapitre 16

The notebook

Ce soir-là, le sommeil ne vient pas. Ni la marche d'hier, ni les pages noircies dans son journal n'ont suffi à la calmer. Les larmes qu'a provoquées la dispute avec Zoé restent coincées dans sa gorge. Elle tente bien de compter jusqu'à mille comme on le lui avait appris petite… mais arrivée à deux mille, la voix de Zoé résonnant encore en elle, Luce finit par se lever. Elle enfile son pull moelleux et sort de sa chambre en essayant de faire le moins de bruit possible. L'escalier, qui ne semble grincer que dans le silence, se met à chanter à ses oreilles. Elle s'arrête trente secondes en bas des marches, vérifiant qu'elle n'a perturbé le sommeil de personne, puis continue jusqu'à la cuisine. Ce n'est qu'après avoir fermé la porte qu'elle s'autorise enfin, dans la demi-obscurité ambiante, à faire un peu de bruit. À la voir s'activer, je comprends alors. Le lait de poule au milieu de la nuit… ça me rappelle bien des souvenirs. Lorsque je gardais Luce petite, mais qu'elle n'arrivait pas à dormir, je lui préparais toujours cette boisson réconfortante à souhait. Puis, j'écoutais avec patience tous ses malheurs d'enfant et je la consolais. Aujourd'hui, elle n'a plus besoin de ressortir le vieux morceau de papier sur lequel je lui avais écrit la recette de ma grand-mère. Elle la connaît par cœur. Comme j'aimerais pouvoir lui dire que je suis toujours là pour l'écouter ! Comme j'aimerais pouvoir la consoler ! À l'inverse d'elle, je tente de faire le plus de bruit possible pour signaler ma présence, mais rien n'y fait. Ce soir, plus que jamais, mon corps n'est que silence.

Son lait de poule bien chaud à la main, elle éteint la lumière de la cuisine et se dirige dans le salon. Elle s'installe sur le fauteuil face à la cheminée. Des braises encore chaudes somnolent dans l'âtre. Elle attrape de quoi faire rapidement repartir un feu, puis se met à contempler pensivement les flammes qui grandissent petit à petit.

– Toi non plus, tu n'arrives pas à dormir, mon petit potiron ?

Luce fait un bond qui manque de renverser sa tasse sur le plaid recouvrant ses genoux. Son père, tranquillement installé face au feu à côté d'elle, une tasse remplie de lait de poule dans la main lui aussi, continue :

– C'est difficile lorsqu'une bataille fait rage en nous, n'est-ce pas ?

Luce lance un regard vers son père, dont les yeux sont fixés sur la cheminée, mais ne répond rien. Elle retourne rapidement à sa contemplation méditative, essayant de démêler le gros nœud qui s'est formé dans son esprit.

Père et fille restent ainsi un bon moment, laissant le crépitement du feu habiter leur silence. Connaissant Vincent, il laisse sa fille décider de lui parler ou non. Sa seule présence montre qu'il est là si elle en éprouve le besoin. Au bout d'un long silence, sa patience semble récompensée.

– Comment est-ce qu'on peut vraiment faire un choix dans la vie ? Je veux dire… un choix important. Comment sait-on qu'on ne se trompe pas sur toute la ligne et et qu'on ne court pas droit à l'échec ?

– On ne le sait pas, dit simplement Vincent.

Puis, après quelques secondes, il continue, le regard toujours fixe :

– On ne fait jamais un choix en connaissant ses conséquences. Personne n'est devin. En revanche, on fait un choix en se connaissant soi-même. En sachant ce qui nous rend heureux, ce qui nous fait sourire, ce qui fait battre notre cœur et nous donne la volonté d'avancer, de grandir, de s'améliorer, de donner le meilleur de nous-même.

– Ça semble si facile, dit comme ça. Alors pourquoi c'est si difficile en réalité ?

– Parce que le doute est humain. Nous avons peur de tant de choses : de l'échec, de ne pas être à la hauteur ou « assez », du regard des autres, et parfois même de les blesser, ceux qui comptent sur nous, ceux dont l'avis nous importe, ceux pour qui on veut justement être à la hauteur… Et puis, nous avons nos blessures, celles qui nous retiennent, celles qui n'ont jamais cicatrisé, celles qui ont façonné notre caractère. Celles auxquelles on s'accroche, aussi… car s'accrocher à ses blessures, c'est parfois rassurant, c'est ne pas oublier l'être qui y est relié, celui qui nous a quitté.

Moi qui étais restée un peu à l'écart jusqu'à présent, je me rapproche d'eux, sentant que le sujet peut rapidement dévier vers quelque chose qui me touche particulièrement.

– On a tous ce genre de blessure, en nous.

– Même toi ? demande naïvement Luce.

– Oui, bien sûr. Avant de rencontrer ta mère, j'ai vécu une histoire aussi belle que dramatique. J'étais jeune, follement amoureux, je pensais que mes sentiments pouvaient la sauver. Mais après le drame, l'idée que mes sentiments étaient dangereux pour les autres m'a percuté.

Luce regarde Vincent intensément, comme si elle voyait l'homme derrière le père pour la première fois de sa vie. Jamais elle ne l'avait entendu parler ainsi de son passé.

– Comment tu as fait pour guérir de ta blessure ?

– J'ai rencontré ta mère.

Vincent regarde enfin sa fille et déverse dans son regard toute la tendresse et tout l'amour qu'il éprouve pour sa femme et ses enfants, cette famille qu'il a réussi à construire malgré la blessure qui l'habitait, et qui l'habite sûrement encore, même refermée.

– Elle a fait preuve de beaucoup de patience avec moi. Elle m'a laissé faire le chemin que j'avais besoin de faire en moi. La blessure cicatrisée, autre chose a alors germé. La culpabilité et l'angoisse n'y avaient plus leur place. Je n'ai jamais regretté le choix que j'ai fait le jour où je l'ai demandée en mariage. Je n'avais aucune idée de l'aventure dans laquelle je m'embarquais alors, mais malgré les hauts et les bas, je suis infiniment reconnaissant du bonheur qu'il m'est donné de vivre. Le bonheur de voir mes enfants grandir, apprendre, douter… vivre, en somme !

Vincent tend une main vers sa fille et lui caresse tendrement la joue.

– Je ne sais pas ce qui trouble ton esprit en ce moment. J'ai bien vu que ça n'allait pas fort ce soir. Mais quoi que ce soit, j'espère que tu trouveras la personne qui saura t'écouter et te guider, comme ta mère fut mon refuge, il y a bien longtemps.

Luce fait mine de vouloir dire quelque chose, puis se ravise et se mure à nouveau dans son silence. Vincent pose une main rassurante sur le genou de sa fille en lui disant :

– Et ce n'est pas grave si ce n'est pas moi.

Luce trouve enfin le courage de s'ouvrir à son père.

– Ma confidente… c'était Élisa.

Je tressaille en entendant mon nom.

– Je continue d'ailleurs à me confier à elle. Mais sans ses réponses, je me sens perdue, j'ai l'impression d'aligner les questions sur une *to do list* qui n'en finit plus.

Je fronce les sourcils en même temps que Vincent, qui se fait l'écho de mon questionnement.

– Tu continues à te confier à elle ?

– Oui. Tu te souviens du journal intime que vous m'aviez offert pour mes seize ans ? Eh bien, après…

La gorge de Luce se noue, les mots ne sortent pas.

– Après… c'est devenu un moyen pour moi de lui écrire. De faire comme si je pouvais encore tout lui raconter. Et au début, j'entendais presque ses réponses. Mais aujourd'hui, c'est le silence qui me répond, comme si la ligne était définitivement coupée.

La lumière se fait en moi. Chaque fois qu'elle prenait son journal pour écrire dedans, je me refusais à lire ses mots, même si les pages noircies m'apparaissaient parfois sans le vouloir. Mais aujourd'hui, je me rends compte que les « Cher journal » des premières pages se sont transformés en « Ma Reine ». Ce surnom dont elle m'affublait toujours, très fière d'avoir trouvé ce jeu de mots. Son journal intime n'en était plus un, elle l'avait transformé en correspondance ; une correspondance à sens unique. Si seulement j'avais su…

– Tu étais vraiment très proche de ta marraine. Je sais à quel point sa mort t'a bouleversée. Ta mère et moi avons d'ailleurs craint que tes choix d'études ne soient influencés par cette perte.

– Comment ça ? s'étonne Luce.

– Eh bien… ta passion pour la photo était si dévorante que nous étions intimement persuadés que tu continuerais dans cette voie. Pourtant, tu as choisi des études d'anglais, sans faire de vague. Nous avons été bien étonnés de cette décision, avoue-t-il avec un grand sourire.

– Vous pensiez vraiment que je choisirais une carrière dans la photographie ?

– Évidemment… et nous en étions terrifiés, concède-t-il.

Luce baisse les yeux, une nouvelle tension prenant corps en elle.

– C'est le rôle des parents d'avoir peur pour leurs enfants… mais ça ne veut pas dire que nous ne sommes pas d'un soutien inébranlable. Quels que soient vos choix. Tu le sais, n'est-ce-pas, ma Luce ? ajoute alors Vincent, prenant conscience de la réaction de sa fille.

Celle-ci relève la tête, surprise.

– Replonge-toi dans les souvenirs que tu partages avec Élisa. Tu sauras y retrouver de quoi répondre à tes questions, j'en suis sûr. Elle t'aimait tant, et ne voulait que ton bonheur. Elle continuera à te guider, où qu'elle soit. Les conseils qu'elle t'a donnés sont gravés à jamais dans ton cœur, comme son image floue est gravée à jamais sur ta toute première photo.

Une nouvelle révélation s'imprime en moi. Cette photo… précieusement conservée dans son journal et qu'elle regarde toujours avec une telle mélancolie avant d'écrire… Une mélancolie qui n'a rien à voir avec sa passion abandonnée, mais bien avec les contours flous de mon propre visage. Je suis l'objet de sa mélancolie, pas la photographie.

Laissant se déverser en moi toutes les émotions de Luce, je m'approche d'elle et l'enlace tendrement, mon corps pressé contre ses sentiments à fleur de peau. Comme je l'aurais fait de mon vivant. Peu à peu, les battements rapides de son cœur s'apaisent. Et je me sens à ma place.

Chapitre 17

P.S. I Love You

Le lendemain, lorsque Luce descend prendre son petit déjeuner, la matinée est déjà bien entamée. Zoé fait les cent pas dans la cuisine en se rongeant les ongles. Je ne sais pas depuis combien de temps elle est ainsi, mais vu son état de nervosité, je dirais un petit moment.

Sur la table, des brioches tartinées de chocolat sont disposées pour former un cœur autour d'une tasse de chocolat froid qui attend patiemment d'être réchauffée.

– Tu crois que tu peux m'acheter avec des brioches au chocolat ?

Zoé grimace en voyant le visage grave de Luce.

– Ben… c'était ça ou faire ma valise direct pour rentrer à Paris, donc… je me suis dit que ça valait le coup de tenter ? dit-elle en se mordant la lèvre.

Luce s'assoit en silence, le visage toujours aussi sévère. Elle attrape une brioche sur le haut du cœur et laisse Zoé s'occuper de réchauffer sa tasse.

– Tu as été dure, hier, lance-t-elle enfin.

– Oui, je sais, avoue Zoé, penaude.

– Mais tu n'avais pas complètement tort. Enfin, pas sur tout.

– Oui, je sais, avoue à nouveau Zoé, un sourire dans la voix.

– Mais tu aurais pu me le dire moins violemment.

Zoé ouvre la bouche pour parler, mais Luce la coupe aussitôt.

– Oui, tu sais… Dis donc, me dis pas que toute cette histoire t'a transformée en perroquet ?

Les deux amies se contemplent, avant de rire de concert.

La sonnerie du micro-onde les interrompt, et Zoé apporte sa tasse fumante à Luce, en l'accompagnant d'un petit paquet.

– C'est bien ce que je crois ? s'exclame Luce, intriguée.

Zoé acquiesce, et Luce s'empresse de l'ouvrir, révélant le chocolat du calendrier de l'Avent.

– Comment tu as fait ?

– Ben, crois-le ou non, le chocolat était toujours dans la case lorsque je suis descendue ce matin. Je me suis empressée de te le mettre de côté !

– Bizarre… Nico aurait oublié ? Ça ne lui ressemble pas.

Zoé hausse les épaules. Luce finit son petit-déjeuner en discutant avec Zoé de tout, sauf de ce qui l'a fait réfléchir cette nuit, suite à leur dispute. Même si elle a pardonné à son amie la violence de ses propos, ses pensées restent encore floues et elle ne compte pas relancer le débat avec Zoé… Le ton risquerait de monter à nouveau.

Luce profite de la douche de Zoé pour se faufiler jusqu'à la chambre de son frère. Après avoir frappé doucement et entendu un léger grognement, elle passe une tête et découvre Nicolas assis en tailleur au milieu de sa chambre, ou plutôt… au milieu de dizaines de Post-it gribouillés.

– Houla ! Il s'est passé quoi, ici ?

Nicolas tourne la tête et révèle sa triste mine un peu bougonne.

– Je peux ? dit Luce, pour la forme, en s'avançant déjà dans la chambre d'un pas assuré.

Elle rejoint son frère au milieu des Post-it et en attrape un sur lequel elle découvre une mesure kilométrique. Je m'installe confortablement au bout du lit défait.

– Zoé m'a dit qu'elle n'avait eu aucun mal à récupérer le chocolat du jour… je voulais voir si tout allait bien, du coup, mais… Tu m'expliques ?

Nicolas soupire. Il jette un regard à la porte et, la trouvant fermée, il se lance :

– Avec Louise, on a parlé de Parcoursup. On n'aurait pas dû. Tu sais où elle rêve de faire ses études ? À Strasbourg !

– Aïe, je comprends mieux ça, dit Luce en pointant le Post-it qu'elle avait ramassé plus tôt.

– Ouais. Depuis hier soir je cherche une solution potable, mais j'en trouve aucune qui n'implique pas un sacrifice d'un côté ou de l'autre, ça m'énerve ! Quoi que je choisisse, c'est la merde.

– Tout choix implique la renonciation à quelque chose, non ?

– C'est toi qui parles de choix ? Depuis quand t'es une experte ?

– Ah non, tu ne vas pas t'y mettre toi aussi !

– Pardon. Ouais, je le sais, mais y a quand même des choix plus durs que d'autres. Je te parle pas de renoncer à un chocolat, là, c'est de notre avenir à tous les deux qu'on parle ! Et si je finissais par lui en vouloir de renoncer à mon choix d'université pour elle, ou inversement ?

– Ben dans ces cas-là, ne renoncez ni l'un ni l'autre. Profitez pour le moment, et vous vous séparerez en fin d'année si la distance vous fait trop peur, dit Luce comme pour tester la réaction de son frère.

– Non, s'exclame aussitôt Nicolas en regardant sa sœur avec beaucoup de sérieux. Ce n'est même pas une option.

Je vois dans les yeux de Luce toute l'admiration qu'elle porte à ce frère déjà si convaincu de ses sentiments.

– Pourquoi tu crois que ça me fout autant en rogne, cette histoire ? Tu penses peut-être que c'est la solution facile, de se séparer. Mais pas moi. Je suis accro, Luce, murmure Nicolas avec une pointe de désespoir dans la voix.

– Comment tu peux être aussi sûr de tes sentiments ? s'étonne Luce. Vous êtes ensemble depuis si peu de temps…

– Et alors ? Quand tu sais, crois-moi… tu sais. Je pense à elle tout le temps. Quand je vis quelque chose d'incroyable, j'ai hâte de la retrouver pour le lui partager. J'aime sa façon de me pousser dans mes retranchements. J'aime qu'elle n'ait jamais honte d'être elle-même. J'aime toutes les discussions qu'on peut avoir, nos avis différents. J'aime la serrer dans mes bras et l'y sentir bien. J'aime nos silences qui ne sont jamais gênants. Et même quand on se dispute, je ne peux pas m'empêcher de vouloir trouver une solution rapidement car je ne supporte pas de nous savoir fâchés.

Il fait un geste vers tous les Post-it qui l'entourent, comme pour appuyer son propos.

– Je te l'ai dit, je suis foutu. Je ne peux plus envisager un avenir dans lequel elle n'a pas sa place.

– Alors vous trouverez une solution, j'en suis sûre.

Luce sourit tendrement à son frère.

– Mais tu sais ce qu'il manque dans tous ces Post-it ?

– Quoi ?

– La présence de Louise.

Nicolas, pas sûr de comprendre, fronce les sourcils.

– Ce n'est pas à toi de trouver la solution. C'est à vous. Ensemble. Parce que ce choix, il n'implique pas que toi. Et n'aie pas peur du futur : tu ne sais pas de quoi il sera fait, déclare Luce, les paroles de son père encore chaudes dans son esprit. Je te connais. Tu es bon, tu es droit, même si tu peux être très chiant aussi. Quelle que soit ta décision, tu ne reviendras pas dessus plus tard. Tu es quelqu'un qui avance, qui sait qui il est. Et pour tout cela, je suis fière de toi, petit frère.

– Merci.

Luce se lève pour repartir, mais à peine la porte ouverte, Nicolas l'interpelle :

– Et moi, je crois en toi. Je sais qu'un jour tu accepteras enfin d'être qui tu es vraiment. Et ce jour-là, moi aussi je te dirai que je suis fier de toi.

Sans se retourner, Luce sort de la pièce, émue par la déclaration d'amour de son frère.

Je la suis jusqu'à sa chambre. Luce semble empreinte d'une assurance nouvelle. Elle attrape son portable resté éteint depuis la veille. Elle balaie rapidement du doigt les messages qui apparaissent à l'écran puis ouvre son application de retouche photo. Après cinq minutes de montage, elle ouvre ses messages. À la suite des nombreux SMS de Noah qu'elle lit rapidement, elle envoie ces simples mots.

J'ai besoin de te voir. Tu pourrais me retrouver
à la galerie photo vers 15 heures ?

Puis elle ouvre la conversation avec Jack, insère le montage qu'elle vient de faire et l'envoie, sans aucun mot. La photo parle d'elle-même. Dans son œil à elle, en gros plan, on découvre l'image de Jack imprégné sur la rétine. Il a un appareil photo autour du cou et se trouve sur un chemin. Il avance, le corps tourné vers l'arrière, tendant la main comme dans une invitation à le suivre.

Chapitre 18

Hello, Goodbye and Everything In Between

À 14 h 30, Luce entre silencieusement dans la galerie photo. Connaissant la ponctualité de Noah, je ne m'étonne pas qu'elle ait voulu prendre un peu d'avance. Elle parcourt lentement les photos exposées sur les murs crème. S'arrêtant parfois pour analyser une composition, un angle de vue. Je l'accompagne, même si mon intérêt est focalisé sur elle et non l'exposition. Arrivée dans l'arrière-salle, elle s'installe sur le canapé, les yeux rivés sur la photo du quai de gare dont elle et Noah avaient débattu au début du mois.

Elle ferme les yeux un instant, revivant sûrement tout ce qui s'est passé depuis qu'elle est rentrée pour les fêtes. Malgré son apparente tranquillité, je sens qu'elle redoute la discussion qu'elle doit avoir avec Noah. Je reste debout près d'elle, prête à me rapprocher pour apaiser sa tension si besoin. Saura-t-elle trouver les mots justes pour ne pas lui faire plus de mal que nécessaire ? Comment réagira-t-il ? Pensera-t-il, comme Zoé, qu'elle s'est bien foutue de lui ?

Toute à ses questions, elle n'entend pas l'horloge sonner 15 heures, ni le jeune homme qui s'installe silencieusement à côté d'elle.

– La solitude ou l'espérance ?

Les mots de Noah viennent briser le silence ambiant et font sursauter Luce.

– Oh ! Tu m'as fait peur ! Tu es arrivé il y a longtemps ?

– Non, à l'instant. Tout va bien ? Entre ton silence hier et ce message si… flou… ce matin.

– Oui, oui, tout va bien. Pardon. C'est juste que… j'avais besoin de réfléchir.

– Hmmm… C'est jamais bon signe, ça.

Luce ne dément rien, et je vois dans la réaction de Noah, non pas de la surprise, mais bien une confirmation.

Noah réitère sa question.

– La solitude ou l'espérance ?

– Tout est question de point de vue.

Luce respire un bon coup, je me rapproche un peu et elle se lance enfin :

– Tu es quelqu'un d'incroyable, Noah. Et j'ai apprécié chaque seconde passée avec toi ce mois-ci. J'ai apprécié ta franchise, tes sourires, ton franc-parler, j'ai apprécié toutes tes attentions, nos discussions. Ne crois pas un seul instant que tout cela était vain, car j'ai passé de merveilleuses semaines grâce à toi. Mais je ne peux pas t'apporter ce que tu cherches. Je me dois d'être honnête avec toi, maintenant que j'arrive à être honnête avec moi-même.

– Ça fait mal, je ne te le cache pas. Mais j'ai joué… et j'ai perdu. C'est la vie.

– Je suis désolée.

– T'en fais pas pour moi, la rassure Noah d'une voix calme en posant ses mains sur celles que Luce était en train de tordre sur ses genoux.

– Non, je ne m'en fais pas. Je sais qu'un jour tu rencontreras une fille incroyable qui sera pleinement libre de te donner son cœur. Le mien ne l'était pas. Je suis désolée de ne pas m'en être rendu compte avant.

– J'espère qu'il connaît sa chance. Et que c'est réciproque !

Luce sourit et se déride.

– Finalement, j'aurais dû voir un signe prémonitoire dans la première conversation que nous avons eue ici, continue Noah. La solitude pour moi, mais l'espérance pour toi.

Luce se tourne vers lui et une larme solitaire perle à son œil. Noah, dans un dernier geste tendre, vient la cueillir avec son pouce.

Je ne sais pas ce que Zoé a mis dans le petit-déjeuner ce matin, mais Luce est prête à en découdre ! Au milieu du dîner, alors que l'ambiance est joyeuse, Nicolas ayant retrouvé un peu de son mordant, Luce lance tout à coup :

– J'ai quelque chose à vous annoncer.

Zoé manque de s'étrangler avec sa bouchée de lasagne et regarde Luce avec des yeux ronds. Le silence se fait autour de la table. Si j'avais pu, j'aurais rapproché la chaise sur laquelle je suis assise. À la place, je me blottis contre Luce. Voilà, maintenant, nous sommes deux à soutenir les regards braqués dans sa direction.

– Hum… Je…

Avec les regards de ceux qu'elle aime fixés sur elle, Luce semble avoir perdu ses moyens. Je pose mes mains sur les siennes. Avec toute la force dont je suis capable, je lui transmets du courage.

« Respire… et lance-toi ! » murmuré-je.

– Il y a quelques mois, j'ai rencontré Jack, qui est devenu un très bon ami. On a beaucoup partagé sur la photographie. Il m'a donné des conseils, il m'a encouragée et récemment, il a envoyé ma candidature à un concours de photo monographique sans que je sois au courant. Il y a quelques jours, il m'a annoncé que mon dossier avait été retenu.

Mélodie place une main devant sa bouche, elle semble sous le choc. Vincent pose quant à lui sa main sur celle de sa femme restée sur la table, dans un geste rassurant. Puis il fait signe à Luce de continuer.

– J'ai rendez-vous demain pour défendre mon dossier auprès du jury. Lorsqu'il me l'a annoncé, j'étais trop en colère contre lui pour envisager d'aller à ce rendez-vous. Mais…

Luce jette un regard vers Zoé, puis vers son frère, qui arbore un immense sourire.

– Plusieurs personnes m'ont rappelé que je devais arrêter de me laisser porter par la vie et que je devais suivre mon cœur. Faire mes propres choix. Et j'ai très envie d'aller à ce rendez-vous, et… de poursuivre dans cette voie. Je terminerai mon année, bien sûr ! Je me suis engagée, mais… ensuite, je veux vraiment me consacrer à la photographie.

Luce ose enfin regarder ses parents, les yeux pleins d'attente. Dans ceux de Mélodie se reflètent toutes ses craintes, mais sa voix est pourtant douce.

– Oh ! ma chérie. C'est donc vraiment plus qu'une passion ?

– Oui. Et je sais que ça vous fait peur, à papa et à toi, mais je vous assure que je vais bosser dur, je sais qu'il y a plein de très bonnes écoles et universités un peu partout en France. Je…

– Nous n'avons jamais douté de ta volonté ni de tes capacités, la coupe Mélodie. Au contraire, s'il y a bien une personne qui est capable de surmonter les difficultés d'un tel métier, c'est bien toi.

– Hé ! ça veut dire quoi ? Je n'en serais pas capable, moi ? s'exclame Nicolas.

– Toi, tu as plein d'autres qualités, mon chéri, mais non, je ne pense pas que tu t'en sortirais sans cadre bien défini.

– Merci pour la confiance !

Zoé, qui ne sait plus trop où se mettre depuis le début de cette conversation, regarde Nicolas avec des yeux qui murmurent : *"Drama King"*.

– Nous sommes fiers de toi, mon petit potiron. Être sélectionnée pour un concours, c'est une sacrée reconnaissance ! Et ce que ta mère essaie de te dire, c'est que nous te soutiendrons toujours, quels que soient tes choix. Nos peurs, elles ne doivent pas t'inquiéter, ce sont nos problèmes de parents, OK ?

Luce sourit, émue de la reconnaissance et du soutien qu'elle perçoit désormais au-delà des doutes de ses parents.

– Bon, t'as besoin qu'on te dépose à la gare à quelle heure demain du coup ? demande Nicolas pour briser le silence.

– 7 h 10.

– Du matin ? Ah ouais, non laisse tomber, je serai pas réveillé moi, faut pas rêver !

– Comment ça, tu ne seras pas réveillé ? Alors t'as réussi à te lever tôt tout le mois pour le chocolat de l'Avent, mais pas le jour où j'ai besoin de toi ?

– Qui a dit que je me levais tôt pour le chocolat ?

Luce le regarde d'abord sans comprendre, puis elle finit par écarquiller les yeux en poussant un énorme « Oh ! » qui déclenche l'hilarité générale de la table.

Chapitre 19

Love Actually

C'est finalement Zoé et Mélodie qui emmènent Luce à la gare. Après avoir partagé un croissant, Luce se dirige désormais seule vers son train. En remontant le quai, son œil de photographe capte une vision qui lui plaît, et qui pourrait presque être le pendant de la photo dans la galerie. Un homme, seul sur le quai, regarde vers le train, et derrière lui se trouvent un simple banc et une horloge. Luce se dépêche de sortir son téléphone, prend rapidement quelques photos et monte enfin dans le wagon pour rejoindre sa place. Après retouche, elle envoie la photo à Jack, sans aucune légende.

La place à côté d'elle étant libre cette fois, je m'y installe allégrement. La voiture est plutôt calme, ce matin. Malgré le mélange d'appréhension et d'excitation qui émane d'elle, Luce finit par s'endormir une fois que le train a pris de la vitesse. Elle ne se réveille qu'une fois arrivée à Paris. Les autres passagers ont déjà commencé à sortir. C'est donc en bonne dernière qu'elle finit par poser le pied hors du train. Elle s'enfonce dans son manteau pour lutter contre le froid, s'accroche à son sac et respire fort, comme pour se donner du courage. Après deux bonnes minutes à remonter le quai, Luce ralentit le rythme pour s'arrêter. Qu'est-ce qui l'intrigue ? Une silhouette s'avance vers nous, d'un pas calme mais assuré. Arrivé à quelques centimètres d'elle, Jack plonge ses yeux dans ceux toujours écarquillés de Luce et murmure :

– Tu es venue.

Sa voix douce contrebalance son regard de braise.

– Jack… Qu'est-ce que tu fais là ?

– J'ai appris à décrypter les photos de ton calendrier de l'Avent. Enfin… je l'espère, dit-il en lui prenant les mains.

Luce rougit légèrement, mais semble heureuse de saisir la perche qu'il lui tend.

– Et que penses-tu avoir décrypté ?

– Déjà, que tu avais changé d'avis sur le concours, puisque tu as pris le train pour être là aujourd'hui.

Luce sourit sans répondre. Je vois bien dans ses yeux que c'est la suite qui l'intéresse davantage.

– Que mes conseils ont fini par porter leurs fruits, et que tu envisages peut-être de poursuivre une carrière dans la photographie ? continue-t-il.

Luce fait une moue dubitative mais ne bouge pas, pendue aux lèvres de Jack.

– Que tu t'améliores de jour en jour dans la créativité de tes photos.

Je commence à croire que Jack s'amuse un peu de voir l'impatience de Luce grandir. Il continue à tourner autour du pot encore un petit moment. Luce reste silencieuse. Aucun des deux ne semble vouloir briser le jeu qui s'est installé. De loin, on pourrait croire qu'ils sont tous deux figés. Pourtant, leurs corps se rapprochent imperceptiblement. Luce brise alors le silence.

– Désolée de te l'apprendre… mais tu as encore beaucoup de progrès à faire en décryptage.

– Ah bon ? Ces photos avaient d'autres secrets à me révéler ? demande Jack, faussement naïf.

– Je te rappelle que le but de ce calendrier de l'Avent était que tu arrives à te voir comme moi je te vois !

C'est au tour de Jack de sourire en restant silencieux.

– Comme quelqu'un de joyeux, de passionné, de tendre, de libre… énumère Luce en baissant les yeux, n'arrivant sûrement pas à soutenir le regard de Jack.

– D'aimable ? murmure Jack dans un souffle.

Luce relève la tête et cherche une réponse au fond du regard intense de Jack. Je pourrais presque entendre les battements rapides de leurs cœurs malgré le brouhaha de la gare.

– Tu en doutes ? chuchote Luce à son oreille.

Luce tend la main vers la joue de Jack dans un geste tendre et l'effleure du bout des doigts. Jack ferme les yeux et pose sa main sur celle de Luce, comme pour imprimer sa caresse. Lorsqu'il rouvre les yeux, c'est pour les plonger dans ceux de Luce et lui demander d'une voix profonde :

– Dis-moi… est-ce que j'aurais tort d'espérer ?

Cette fois, Luce soutient son regard et secoue lentement la tête. Jack pose ses lèvres sur les siennes, d'abord de manière tendre, hésitante. Luce y répond pleinement et se presse contre lui. Jack resserre alors ses bras autour d'elle et son baiser se fait plus intense. Mon cœur de marraine se met presque à battre à nouveau de joie.

Après de longues secondes, leurs visages s'éloignent l'un de l'autre, leur échange de sentiments se poursuit par le regard, qui n'a besoin d'aucun mot supplémentaire. Ce sont des artistes de l'image, après tout. L'important passe davantage par leurs yeux que par leurs mots.

Serrant toujours Luce contre lui, Jack enfouit son visage dans ses cheveux et lui souffle, faisant écho à ce qu'il avait déjà écrit par SMS :

– Je suis désolé.

Luce rompt leur étreinte pour le regarder en fronçant les sourcils.

– Je suis désolé d'avoir envoyé ton dossier, dit Jack avec plus d'assurance. Tu as raison, ce n'était pas à moi de le faire. Je te promets de ne plus jamais faire les choses à ta place.

– Mais je n'en serais pas là aujourd'hui si tu ne l'avais pas fait.

– Si, je suis persuadé que tu y serais arrivée un jour ou l'autre. Peut-être pas aujourd'hui. Je la vois en toi, cette force d'âme que tu ne soupçonnes même pas, celle qui te fera faire des bonds dans la vie, celle qui t'aidera à surmonter les échecs, les choix difficiles, celle qui t'aidera à toujours rester fidèle à qui tu es, celle qui transparaît dans chacune de tes photos. Je te promets de ne jamais plus te priver de cette fierté de faire les choses par toi-même. Mais je te promets aussi de te soutenir autant que je pourrai, même si je dois pour cela te bousculer, voire t'agacer.

– Tu promets de m'agacer ? rigole Luce.

– Je te le promets !

– Moi aussi, répond Luce avec un sourire éclatant.

Jack tend la main vers le sac de Luce, posé à ses pieds.

– Je t'accompagne ?

– Évidemment !

– Pfiou ! Je vois que tu n'as toujours pas appris à alléger tes sacs !

– Tu ne me changeras pas !

– Je n'en ai pas l'intention, répond Jack.

Luce lui attrape la main et ils se dirigent ensemble vers l'extérieur. Je les regarde s'éloigner et, pour la première fois depuis que mon cœur s'est arrêté de battre, j'ai la certitude que Luce saura affronter tout ce que la vie lui réserve. La distance grandit entre nous et aucune attraction ne me ramène à elle. Alors je sais. Aucune peur ne m'étreint, seule une grande paix emplit mon âme. Je suis prête, et je ne suis pas la seule. Ma chère Luce, à toi de raconter ton histoire désormais. Sois heureuse, et n'oublie jamais… je t'aime *To the moon*…

Épilogue
Luce

Ce n'est pas la première fois que je débarque dans cette petite gare familière, et pourtant, c'est la première fois que le sentiment de me retrouver à la maison m'étreint aussi fort. J'ai la sensation d'être à ma place. La main chaude et douce de Jack se glisse dans la mienne, et je plonge mon regard dans ses yeux, dont je ne me lasserai jamais de découvrir toute la profondeur.

– Prêt à découvrir Noël hors de Paris ?

– Avec toi à mes côtés, je suis prêt à tout, répond-il.

Nous nous dirigeons vers le parking où Zoé nous attend, adossée à la voiture de mes parents. Elle nous fait signe de la main tout en ouvrant le coffre. Jack et Zoé se connaissent déjà, pourtant je ne peux m'empêcher d'être nerveuse en avançant. Je sens les doigts de Jack resserrer gentiment leur prise, comme pour me rassurer.

– Salut, Jack ! s'exclame Zoé un peu froidement à mon goût.

– Salut, Zoé, répond Jack bien plus chaleureusement.

– T'en auras mis, du temps, mon vieux ! À deux doigts de perdre la bataille, tu sais !

Je me tourne brusquement vers Zoé et lui jette un regard noir.

Mais Jack lui répond d'un rire si franc qu'il perce instantanément la bulle de stress qui s'est logée en moi.

Refermant le coffre sur nos deux valises, j'entraîne Jack vers la banquette arrière pendant que Zoé se met au volant.

– Euh… vous m'avez prise pour un chauffeur de taxi ou quoi ? s'exclame Zoé.

– Mais non voyons… les chauffeurs de taxi n'accueillent pas leur client avec autant de franc-parler ! je lui réponds aussitôt en la fixant dans le rétroviseur.

– Ouais… Ça va, j'ai compris…

Avec une joie non feinte, je montre à Jack les rues qui défilent derrière la fenêtre, pointant les places les mieux décorées. Il se rapproche de moi et je me réjouis de sentir son enthousiasme. Soudain, mes yeux se posent sur une silhouette familière sortant des Délices-de-Marius. Il a donc fini par y retourner. Il faudra que je demande à Marius ce qu'il a pensé de ses florentins. Nos regards se croisent, et bien que je retrouve sur son visage la pointe de tristesse que j'avais perçue lors de notre dernier rendez-vous, il esquisse un léger hochement de tête amical. Décidément, jusqu'au bout, je n'aurai rien à reprocher à Noah. Je lui souris, et je sens la main de Jack se poser sur la mienne, me ramenant à celui pour qui mon cœur a décidé de battre plus fort.

Sous le sapin sont entassés mille et un cadeaux emballés, et alignés sur la table, les plats n'attendent plus qu'à être dégustés. Mon œil ne peut s'empêcher d'y voir un décor idéal, et mes doigts enchaînent les prises de vue. Un sentiment étrange continue à m'étreindre lorsque je sens mes parents qui passent à côté, ou leur regard s'attarder sur moi. Et puis, je vois Jack bouger subrepticement un élément dans mon champ de vision tout en continuant à discuter avec Nico, Zoé ou Nathan. Je comprends son geste, et une sorte d'assurance vient contrebalancer mes peurs et mes angoisses. Je ne quitte plus mon appareil, et c'est la première fois que je n'entends personne s'en plaindre. Nico n'en manque d'ailleurs pas une pour prendre les pauses les plus ridicules lorsque je suis dans les parages. Je fais semblant de le prendre en photo à chaque fois.

Je ne savais pas vraiment à quoi m'attendre en présentant Jack à ma famille, mais le voir si à l'aise avec tout le monde me fascine. Il n'a pas la même aisance que Noah, il ne va pas au-devant des conversations, mais il est là, à sa place, tout simplement. Il réagit aux discussions, il participe. Son aisance m'apaise et m'inspire.

Lorsque sonnent les douze coups de minuit, le repas animé prend aussitôt fin et chacun se dirige vers le sapin. Jack me regarde avec des yeux ronds, découvrant cette tradition familiale. Je lui explique rapidement puis l'entraîne à la suite des autres. Il s'installe dans le fauteuil déplacé dans le coin de la pièce et, trouvant ce choix fort judicieux, je me cale sur ses genoux et prends en photo les réactions à l'ouverture des cadeaux. C'est le moment que je préfère. Capter le pétillement dans les yeux, les sourires gênés ou même parfois forcés, les expressions surprises… toutes ces émotions dues à ces objets, lettres, cadeaux… qui sont autant de preuves d'attention et d'amour.

– Tu n'ouvres pas les tiens ? finit par me souffler Jack au bout d'un moment.

– Si, si, une minute.

Lorsque je me lève enfin pour aller récupérer ma pile de cadeaux, Jack s'empare de mon appareil photo avec un clin d'œil.

Je reviens m'installer près de lui pour découvrir mes trésors.

J'attrape le premier paquet et reconnais tout de suite l'emballage Furoshiki typique des cadeaux d'Emma. Et ça ne manque pas ! Je découvre à l'intérieur toute une gamme de soin capillaire australien dont nous avions parlé lors de notre dernier appel en visio. Je me réjouis de pouvoir bientôt tester ça !

– Ah ! ben t'as de la chance, toi, s'exclame Nathan.

– Ouais, regarde ce qu'on a eu, nous ! À ce qu'il paraît, c'est dégueu, ajoute Nico en soulevant le pot de Vegemite[1] qu'Emma lui a envoyé.

1. Pâte à tartiner typique de l'Australie, fabriquée avec de la levure de bière. Son goût est surprenant et… indescriptible.

J'explose de rire en imaginant ma sœur trop fière de sa blague. J'espère que Jack a réussi à capturer la tête de mes frères pour que j'envoie ça à Emma !

Je continue à déballer mes cadeaux, il y en a tellement : places de spectacle, livres, vêtements… et même quelques accessoires de photographie ! Soudain, je m'arrête, émue. Entre mes doigts un grand cadre, assez travaillé, le parfait écrin pour la photo qui se tient à l'intérieur. Ma photo. Celle que j'ai prise lors de notre soirée de décoration du sapin de Noël. L'impression est incroyable, on dirait presque un tirage d'art. Je sens quelques larmes se bousculer à la lisière de mes yeux. Ma famille est fière de moi ! C'est la première fois qu'ils m'en donnent la preuve. Ne sachant comment contrôler toutes les émotions qui se bousculent en moi, je reste un instant fixée sur la photo. J'y découvre un effet intéressant, délicat et à peine perceptible. Derrière moi, la lumière est comme voilée, presque floue, elle a presque une forme. Sûrement un effet des lumières du sapin. Pourtant, c'est le seul endroit où l'appareil a capté cela.

Un sentiment de paix intense m'étreint. Je lève la tête vers les yeux braqués sur moi. J'aperçois Nico et Zoé se faire un check, signe discret que leur mission est accomplie.

Mon père et ma mère s'enlacent tendrement par les épaules en posant sur moi un regard plein d'amour. Malgré le stress que leur génère ma passion. M'imaginer en future photographe ? Oui, j'ose enfin l'envisager. Mes yeux croisent ensuite l'expression impressionnée de Nathan et de Maïwenn, qui découvrent cette photo pour la première fois. Enfin je plonge dans les profondeurs de mon objectif, derrière lequel se trouve le scintillement caractéristique du regard de Jack. Ce regard qui a tout changé et qui m'est si précieux.

En cet instant, j'entends la voix d'Élisa résonner en moi : « Un jour, tu verras, tu te sentiras pleinement à ta place, pleinement toi-même. Accroche-toi à ce sentiment et ne le laisse jamais filer. C'est lui qui te fera surmonter tous les obstacles de la vie. »

Index des films référencés dans les titres de chapitres

1. *Along for the Ride* (*En route pour l'avenir* en VF) : Une romance estivale adolescente qui comporte tout ce qu'on aime : des personnages attachants, des sujets difficiles mais abordés avec beaucoup de justesse. Un film réussi à tout point de vue selon moi.

2. *Christmas Around the Corner* (*Le livre de Noël* en VF) : le parfait film de Noël. Claire, jeune femme pleine d'entrain, veut sauver la librairie d'un petit village du Vermont. Mais elle se heurte à Andrew, le propriétaire peu jovial… du moins jusqu'à que des sentiments fassent leur apparition, évidemment !

3. *Picture Perfect Royal Christmas* (*Noël au palais royal* en VF) : encore un film de Noël parfait pour la saison. Une jeune photographe qui doit se faire passer pour sa patronne, un prince tout à fait charmant, un château enneigé. De quoi passer une chouette soirée.

4. *Mon inconnue* : seul film français de la liste, voici une romance plus dramatique teintée de fantastique où François Civil cherche à reconquérir sa femme, puisqu'il est arrivé dans un monde parallèle où celle-ci est devenue une grande pianiste, mais n'a jamais été sa femme.

5. *The Holiday Calendar* : Encore une romance de Noël avec une photographe. Mais nous avons également un calendrier de l'Avent magique, une amitié qui, on le sait bien, va finir en romance, et tous les ingrédients attendus d'un bon film de Noël. Pas mon préféré, mais bien sympathique.

6. *'Tis the Season to Be Merry* (*Recherche fiancé pour Noël* en VF) : Une célibataire qui doit faire croire qu'elle est en couple, des vacances dans le Vermont (encore…) avec sa meilleure amie, une recherche de l'homme idéal… qui n'est peut-être pas celui qu'elle croit. Dans ce film de Noël, tous les ingrédients sont présents et les personnages ne sont pas niais ! On aura même le plaisir d'y retrouver Rachael Leigh Cook.

7. *The Holiday* : je ne pouvais décemment pas écrire de romance de Noël sans faire référence à ce film ! Il ne détrône pas le dernier de cette liste, mais arrive bon second sur ma liste des meilleurs films pour Noël. Comment résister au charme de Jude Law, à l'humour de Cameron Diaz, ou encore à la tendresse de l'histoire entre les personnages incarnés par Kate Winslet et Jack Black ?

8. *Snowmance* (*Le fiancé de glace* en VF) : Une histoire toute douce entre une jeune femme très romantique et son meilleur ami, qui n'ose pas lui avouer ses sentiments. Il faudra l'aide d'un bonhomme de neige magique pour qu'il y parvienne !

9. *Love & Friendship* (adapté de *Lady Susan* de Jane Austen) : Voici l'une des œuvres de Jane Austen les moins connues, mais parmi les plus drôles. Un humour un peu plus décalé, mais si plaisant !

10. *Persuasion* (adapté de l'œuvre de Jane Austen) : Je préfère les versions antérieures à celle de 2022, qui a pris quelques libertés historiques. Même si cette histoire est loin d'être ma préférée de celles écrites par Jane Austen, elle n'en reste pas moins tendre. J'ai juste envie de secouer l'héroïne pendant les trois-quarts du film pour qu'elle fasse les bons choix…

11. *The Royal Treatment* (*Absolument royal !* en VF) : voici une romance plus estivale cette fois, mais tout aussi charmante. Une jeune coiffeuse pleine d'entrain va faire la rencontre d'un jeune prince charmant, quoiqu'un peu hautain. Mais les choses vont changer quand on en apprend davantage sur notre héroïne. C'est frais, c'est joyeux, c'est tout ce qu'on demande à une romance pour passer un bon moment !

12. *A Christmas Recipe for Romance* (*Noël, cuisine et romance* en VF) : que serait une liste de films de Noël, sans une bonne romance qui se passe en cuisine, autour de biscuits à la cannelle et d'autres recettes toutes plus alléchantes les unes que les autres ? Ce film fait partie des histoires sympathiques avec des personnages attachants, alors bon visionnage !

13. *Pretty Woman* : L'indémodable classique de la romance… Julia Roberts et Richard Gere, si charismatiques ! Ma scène préférée restera à jamais celle où Julia Roberts retourne dans le magasin où les vendeuses ont refusé de la servir… *so great* !

14. *The Perfect Date* : Une romance adolescente avec Noah Centino dans le rôle principal, il n'en faut pas plus pour commencer à regarder. Même si celui-ci n'est pas mon préféré, ça n'en reste pas moins un chouette moment à passer en

compagnie d'un jeune homme un peu trop sûr de lui et d'une jeune femme prête à le remettre à sa place, enfin… jusqu'à ce que les sentiments s'en mêlent.

15. *Step up* (*Sexy dance* en VF) : le premier de cette série de romances autour de la danse… rien que pour voir Channing Tatum danser, ça vaut le coup ! Mais au-delà de la romance et du film de danse, c'est le seul de la série qui a réussi à me faire pleurer, pour l'histoire de fond qu'il nous présente.

16. *The Notebook* (*À tout jamais* en VF) : Une liste de films romantiques ne pourrait pas être complète sans celui-ci. L'une des plus belles et des plus tragiques histoires d'amour jamais inventées. Comment ne pas verser de larmes ? Il restera à jamais l'une de mes romances préférées. Ce n'est pas pour rien que Noah s'appelle ainsi…

17. *PS, I love you* : Encore une histoire tragique, mais cette fois le ton est donné dès le départ ! Et on s'y plonge avec délice, rien que pour le charme de Gerard Butler et les paysages irlandais qu'on peut y voir. Et la romance est pépite aussi…

18. *Hello, Goodbye and Everything in between* (*Hello, adieu, et nous au milieu* en VF) : une romance adolescente pleine de fraîcheur pour évoquer les difficultés de conserver un amour de lycée lors du passage à l'âge adulte.

19. *Love Actually* : LE meilleur film de Noël selon moi. Film choral qui ne s'empêche pas d'aborder des sujets difficiles, mais avec tant de tendresse et d'humour. Il restera à jamais mon coup de cœur ! Tant de scènes sont devenues emblématiques… mes deux préférées sont celles du père et son fils devant Titanic

(« Allons nous gaver d'amour à en crever ») et, bien entendu, la déclaration d'amour en pancartes ! Et vous, quelles sont vos scènes coups de cœur ?

Remerciements

Mes tous premiers remerciements vont à Marthe, Marion et Raphaëlle, mes RM^3 sans qui ce livre n'existerait pas. Merci à vous pour la motivation que vous m'apportez pour donner vie aux personnages qui ne demandent qu'à sortir de mon esprit. Merci pour vos retours, vous qui avez lu toutes les versions de ce roman qui ont pu exister ! Je n'ai qu'une hâte maintenant, c'est de pouvoir fêter la publication de vos propres romans !

Merci également à Claire, qui m'a offert cette opportunité d'enfin mettre un point final à l'une de mes histoires et de l'emmener aussi loin. Merci pour ta confiance dès le départ, pour ta patience et pour tes conseils avisés. Je n'aurais pu rêver meilleure éditrice pour mon premier roman.

Merci à mes bêta-lectrices et leurs précieux retours : Claire, Pascaline, Anne-Charlotte.

Merci à vous, amis du groupe Abba, qui m'avez soutenue et encouragée toute cette année d'écriture, et un merci tout particulier à Arnaud qui a inspiré la tournure donnée à la scène de la patinoire entre Luce et Noah.

Merci à vous, Nathanaël, Jérémie, Claire, Émeline et Anne, pour la réaction enthousiaste lorsque je vous ai annoncé ce projet de roman. Merci pour votre soutien, merci pour les trésors que vous êtes et merci de m'avoir donné la chance de grandir entourée de votre amour fraternel. Je crois qu'il transparaît un peu entre ces pages…

Enfin, merci à vous, Papa et Maman. Pour m'avoir toujours laissée libre de suivre mon cœur, pour vos encouragements et l'amour que vous m'avez toujours témoigné. Merci Papa de m'avoir transmis cette passion des livres, et de m'avoir permis de grandir dans une maison avec une immense bibliothèque. Merci Maman de m'avoir accompagnée dans l'amour de la lecture, je me souviendrai toujours tendrement de notre lecture à deux voix de la Comtesse de Ségur avant d'aller me coucher. Merci de m'avoir transmis ta créativité, ton amour des comédies romantiques et de cette ambiance de Noël qui nous donne tant de joie. Je vous aime.